Isabel Rio Novo

RUA DE PARIS EM DIA DE CHUVA

Isabel Rio Novo

RUA DE PARIS EM DIA DE CHUVA

Romance

D.QUIXOTE

Obra escrita ao abrigo de uma bolsa
de criação literária da DGLAB/MC

REPÚBLICA PORTUGUESA
CULTURA
DIREÇÃO-GERAL DO LIVRO, DOS ARQUIVOS E DAS BIBLIOTECAS

RESPEITE OS DIREITOS DE AUTOR · NÃO FOTOCOPIE LIVROS ·

Título: *Rua de Paris em Dia de Chuva*

Edição: Maria do Rosário Pedreira
Capa: design de Rui Rosa/Leya sob quadro *Rua de Paris em Dia de Chuva*,
de Gustave Caillebotte, 1877, óleo sob tela, Chicago Art Institute
Imagem da capa: © Christophel Fine Art / Universal Images Group via Getty Images
Fotografia da autora: © Paulo M. Morais
Paginação: Leya, S.A.
Este livro foi composto em Rongel, fonte tipográfica desenhada por Mário Feliciano
Revisão: Madalena Escourido
Impressão e acabamento: GUIDE – Artes Gráficas, L.da

1.ª edição: março de 2020
Depósito legal n.º 466 655/20
ISBN: 978-972-20-6969-4

Publicações Dom Quixote
Uma editora do Grupo Leya
Rua Cidade de Córdova, n.º 2
2610-038 Alfragide · Portugal
www.leya.com

Este livro segue o Novo Acordo Ortográfico de 1990.

Para o Paulo, o amor absoluto e sem distâncias

Sur tes rives, charmante Yerres,
Vois sans trouble ainsi que tes flots
Couler les jours d'un solitaire
Qui te demande le repos.

JEAN-FRANÇOIS DUCIS, *À LA RIVIÈRE D'YERRES*

Suponho que todos os grandes artistas nos prendem à vida.

GUSTAVE CAILLEBOTTE, CARTA A CLAUDE MONET

Como um pintor instalado em frente de um horizonte, e que sem cessar desloca o seu cavalete para a direita, depois para a esquerda, eu encontrara finalmente o ponto de vista do livro.

MARGUERITE YOURCENAR, *MEMÓRIAS DE ADRIANO*

1

Se percorrermos a ala impressionista do Instituto de Arte de Chicago ao final da tarde, é provável que nos cruzemos com uma mulher velha, de longos cabelos grisalhos. Ela costuma chegar quando falta pouco para as portas fecharem e quase todos os visitantes abandonam já a exposição, atravessa a sala com pequenos passos cautelosos e coloca-se diante de uma tela de grande formato, encostando-se ao cordame. Das primeiras vezes que o fez, o segurança do museu deve ter esboçado um gesto. Poderia ser uma louca, prestes a avançar para o quadro com o intuito de o danificar. Depois, com a continuidade serena das visitas, habituou-se a ignorar a visitante. A tela para a qual a mulher olha todas as tardes ocupa o centro de uma parede cinzenta. O olhar rodeado de rugas finas concentra-se nos rostos representados no quadro. Talvez num rosto em particular. Percorrem a sala alguns retardatários. Turistas em excursão, estudantes de expressão séria, crianças levadas pelos pais. Poucos, porque a noite se aproxima e o museu está prestes a fechar. Alguns reparam na mulher velha. Parece abalada. Lembrar-se-á de um filho, de um marido, de um irmão, supõem eles, observando-lhe a expressão emocionada. Não é bem assim. Há na comoção da mulher velha uma razão menos simples e menos evidente. Quando chegarmos ao final deste romance, talvez todos saibamos porquê.

No inverno de 1877, o jovem Gustave Caillebotte atravessou a praça da Europa, contornou a estação de Saint-Lazare e instalou a sua carruagem envidraçada a meio da rua de Turin, para capturar na tela uma cena da vida parisiense. Era sábado, a meio da tarde. A chuva, batida pelo vento frio, arrepiava os transeuntes, que caminhavam de guarda-chuva inclinado, embrulhados nos seus agasalhos. Os edifícios novos e imponentes, envoltos numa bruma discreta, manifestavam os esplendores da época. Gustave transportava consigo o cavalete e uma caixa de madeira com as tintas em tubo, mas quase só nisso se parecia com os jovens pintores do seu tempo, que desafiavam a tradição e a academia com representações ousadas de paisagens expostas às variações da luz ou instantâneos do quotidiano. Antes de se instalar na atual praça de Dublin, na confluência das ruas de Moscou, Clapeyron e Turin, Gustave calculara distâncias, fizera esquissos e traçara linhas retas e oblíquas sobre a tela, exatamente como tinham feito os renascentistas, quatro séculos antes.

Estamos, pois, em Paris, no inverno. Novembro ou início de dezembro. Gustave é um homem de estatura mediana, magro, de cabelo castanho-claro. Os olhos são cinzentos ou esverdeados, as mãos, mais ásperas do que a suavidade das feições ou as roupas de boa qualidade deixariam supor.

A Autora recorda estas coisas assim, como se as visse, porque na realidade as viu, ou sente que as viu. Conseguiria ela explicar o modo como, um dia, avistou a carruagem envidraçada de Gustave Caillebotte ao cimo da rua de Turin? Manet, Degas, Pissarro, Renoir, morreram todos velhos. Temos muitas imagens das suas velhices. De Monet, por exemplo, aquele retrato bonito de um homem de barbas brancas e olhar penetrante, ainda robusto, uma mão enfiada no bolso do casaco e a outra apoiada na bengala. Caillebotte morreu novo, muito antes de a Autora deste livro nascer, e por isso foi necessário que ela recuasse bastante, através de corredores misteriosos, para esse avistamento. Se dissermos que nada disto é possível, que tudo isto contraria as leis da existência, responder-nos-ão que não percebemos nada do tempo, nem da vida, nem dos mistérios fundamentais. Como já se escreveu algures, este romance não será para nós. Ou talvez precisemos dele mais do que ninguém.

Graças aos documentos que recebeu de Helena, a professora de história da arte com quem conversa há algum tempo, a Autora sabe que Caillebotte pintou cerca de quinhentos quadros, num estilo mais realista do que os outros pintores impressionistas. Pintou os membros da sua família, o seu apartamento, o seu bairro, os seus amigos, os seus empregados, a comida preparada na sua cozinha. Pintou a propriedade da família em Yerres e depois a sua própria casa em Petit Gennevilliers. Pintou os seus jardins, os seus canteiros de flores, as regatas no rio Sena. Pintou a cidade de Paris em quadros ao mesmo tempo familiares e estranhos. Representou-se a si próprio no formato habitual do autorretrato: autorretrato com paleta, autorretrato com chapéu de verão, autorretrato sob um guarda-sol, autorretrato no parque de Yerres, autorretrato passeando à beira-mar, autorretrato a três quartos, em várias idades, fixando a sucessão de momentos instáveis que conferem a uma existência humana a ilusão de uma identidade permanente. Representou-se também de forma subtil e disfarçada, incluindo o seu perfil em vistas largas da cidade, cenas náuticas em Argenteuil e Yerres, dissimulado entre amigos, transeuntes, outros pintores.

Gustave Caillebotte nasceu rico, e por isso não precisava de vender as suas obras, ao contrário da maioria dos amigos, sempre a contas com os credores (amigos esses, aliás, que ele ajudava e encorajava por todos os meios). Morreu novo, deixando uma produção artística prolífica mas irregular e um famoso legado, decisivo para o estabelecimento do impressionismo nos museus nacionais franceses. Como diz Helena, quem sabe como teria evoluído a arte de Caillebotte se ele tivesse vivido mais trinta, vinte, dez anos que fossem? Assim, ficou para a história como um mecenas, um milionário excêntrico, um amador com talento, brilhante e errático. «Mas essa é a questão que os homens podem pôr sempre, a respeito seja do que for. Que seria de mim se não fossem os meus desgostos, ou se o meu marido ainda vivesse?» Sempre que chega a esta parte, Helena costuma sorrir.

Os sobrinhos e descendentes de Caillebotte foram vendendo os seus quadros. O novo século era um século de vender coisas; possuir as coisas era já a deliberação de as converter um dia noutras coisas. Todos vendiam terrenos, casas, barcos, joias de família, quadros. Era preciso viver a vida, comprar automóveis, mudar, viajar. Algumas obras do pintor foram entrando timidamente no mercado, até que, em 1964, o Instituto de Arte de Chicago adquiriu a um colecionador privado o quadro *Rua de Paris em Dia de Chuva*, estimulando o interesse dos Estados Unidos pelo artista. Duas décadas mais tarde, em 1986, a Galeria Nacional de Arte de Washington e o Museu de Belas Artes de São Francisco assinalaram o centenário da última exposição impressionista com a mostra *The New Painting: Impressionism, 1874-1886*. Durante um mês e meio, a mostra atraiu visitantes de formações diversas e várias partes do mundo. Algumas obras de Caillebotte constavam do catálogo, e quase todas se distinguiam das dos outros pintores. Duas versões dos *Polidores de Parquê*, de dimensões colossais, obrigavam o espectador a olhá-las de modo bem diferente das obras de pequeno formato de, por exemplo, Degas ou Monet. Medindo mais de um metro de altura, *Rapaz à janela* impunha-se pelo efeito de contraluz e pela perspetiva invulgar.

Então, os comissários pararam para pensar. Os críticos de arte repararam. Os visitantes compreenderam a dificuldade de enquadrar e fotografar, tendo de afastar-se, ou viram-se na necessidade de se confrontar com a cena pintada, como se fossem mais um elemento do próprio quadro. Os políticos franceses, ligeiramente humilhados pela constatação de que as principais telas impressionistas dos museus de França provinham da oferta generosa de colecionadores privados, vieram a público lamentar o facto de se terem perdido tantas obras-primas de Caillebotte. E todos se animaram perante um artista que renascia de repente. Às vezes é assim. Desejaríamos que fosse tudo empolgante, por razões intensas e essenciais, mas às vezes é mesmo assim, por motivos tão simples como uma tela de grande formato que obriga a uma logística inesperada, agilizando burocracias, esforços de organização e medidas excecionais.

Seja como for, na marcha caprichosa do tempo, do curso do rio que corre inexoravelmente em direção ao esquecimento, há momentos como esse, em que é como se a corrente abrandasse ou quase se invertesse, dando aos homens algum tempo para se voltarem e atentarem em outros como eles que ficaram mais atrás. Um dia, mais ou menos daqui a cem anos, algum dos descendentes dos Caillebotte, menino ou menina de quatro, cinco anos, pegará no lápis de carvão e fá-lo-á deslizar sobre o papel de um modo inesperado, espantando os adultos em redor. O mundo terá novas formas de exprimir o espanto. Outros que não a Autora deste livro estarão vivos para as registar.

É que, em certa ocasião, ainda muito nova, mesmo muito nova, a Autora deste romance, folheando um livro de poemas de António Gedeão, encontrou um belo soneto lírico ao jeito de Camões, com a dedicatória: *Ao Luís Vaz, recordando o convívio da nossa mocidade.* Nessa altura sorriu. Pela primeira vez, encontrava formulado por alguém que não ela, e com mais eficaz simplicidade do que ela alguma vez conseguiria, o conceito da sensação de ligação a alguém com quem nunca nos cruzámos. Uns anos mais tarde, mas ainda muito nova, a Autora encontrou nos apontamentos sobre as *Memórias de Adriano,* escritos em jeito de posfácio pela própria Marguerite Yourcenar, a seguinte passagem: *Duas dúzias de pares de mãos descarnadas, alguns vinte e cinco velhos bastariam para estabelecer um contacto ininterrupto entre Adriano e nós.* Estava sentada no chão de um sótão, o livro sobre os joelhos, e uma pequena poalha cintilante dançava num triângulo de luz, desenhado entre a fresta de uma portada entreaberta e o soalho empoeirado. A frase impressionou-a a ponto de a memorizar e repetir para si própria em diversas ocasiões. Era assim entre Gedeão e Camões. Era assim entre Yourcenar e Adriano. Era assim entre ela e Gustave Caillebotte. Chegando ao final desta história, talvez consigamos percebê-la melhor.

Regressemos, para já, a essa tarde de novembro ou dezembro de 1877. A chuva continua a cair. Agora, é uma chuva fria e miudinha, quase resignada, cujas gotas mal se veem, mas que embaciaram as vidraças da carruagem e cobriram o chão da rua com uma película fria e gomosa. A luz do dia declina por detrás do recorte dos edifícios, escurecendo o luxo tranquilo do calcário, das volutas de ferro das balaustradas. Os bicos de gás da iluminação pública acendem-se. O esboço a óleo está concluído. Gustave limpa as mãos ao pano de camurcina e bate três vezes no teto da carruagem, dando sinal ao condutor. A carruagem rola sobre o pavimento molhado em direção à rua de Miromesnil.

2

A Autora visitou pela primeira vez a Normandia aos vinte anos. Era a idade das paixões efémeras. Os amores desenrolavam-se e condensavam-se num só dia. Os corpos atraíam-se, uniam-se, exaltavam-se. Depois afastavam-se, esqueciam-se, confundiam-se numa única memória vaga, risonha, eufórica, e o mesmo sucedia com as paisagens. Durante essa viagem, de calções, sandálias e mochila, a Autora percorreu as encostas verdes, salpicadas de velhas ruínas. Nos seus olhos jovens, muito abertos, tudo se espelhava com deslumbramento. A muralha antiga de um castelo, os descombros de uma velha abadia, o túmulo em pedra de um desconhecido, coberto por roseiras bravas. Pastagens extensas, colinas abruptas, praias que se estendiam e estendiam durante a maré vaza, mostrando despojos de conchas, gravetos, cascas de ouriços, fitas de sargaço molhadas. Ao longo da costa, os vestígios do Dia do Desembarque transformavam cada pequena vila numa espécie de cicatriz. Casamatas, tanques inertes, restos de artilharia desirmanados. Mas, nessa altura, a região era para a Autora apenas um local feliz, de que jurou lembrar-se, onde tirou muitas fotografias, provou queijos e comprou postais que depois fechou dentro de uma gaveta, sucessivamente cobertos por outras recordações.

Regressou à Normandia pouco depois de ter começado este romance e antes de ter conhecido Helena. Já então sabia que era a terra dos antepassados de Gustave. Já então tinha visto todas as paisagens que Gustave pintara da região. Não chegou a conhecer as vilas de Ger ou Domfront, mas percorreu Trouville, a sessenta quilómetros dessas localidades, e os seus arredores. Surpreendeu-se com o modo como, por vezes, o terreno se tornava subitamente escarpado, algo que não recordava dos seus passeios de juventude. Mas as florestas, as pradarias cobertas de trevos, as macieiras floridas, as veredas relvadas, as vilas pitorescas erguidas nos declives e quase inclinadas sobre o mar, eram tão parecidas com as que Gustave Caillebotte representara que a Autora chegou a perguntar-se se o que via não seria pintado pelo olhar do seu amigo. Por exemplo, ao levar o rosto na direção dos veleiros espalhados pelo mar, tinha a sensação de que os seus próprios olhos colocavam a linha do horizonte muito alta, exatamente como o pintor fizera nos seus quadros.

Poderíamos principiar antes, mas há sempre um tempo que definimos como o início. A Autora gosta de pensar que foi ela quem definiu o princípio desta história e que nem Helena, que lhe cedeu documentos, nem as circunstâncias da vida, que lhe permitiram escrever durante um ano inteiro, pesaram nessa decisão. O bisavô de Gustave Caillebotte chamava-se Pierre e mudou-se para Domfront depois do casamento. Domfront, na comuna de Orne, era uma aldeia construída sobre um rochedo íngreme, cortado a meio numa fenda larga por onde corria o rio Varenne. Da antiga fortaleza em pedra, mandada erigir sobre o afloramento rochoso por um rei antigo, restava ainda o torreão, rachado, já sem ameias, mas ainda sólido sobre as suas espessas fundações. Os demais vestígios derramavam-se sobre o promontório, desmoronados entre as silvas, convivendo com as papoilas e os lilases.

A vida em Domfront era pacata. O ponto alto da semana era o sábado, dia de mercado, onde se vendia gado, cereais, tecidos e peças de cerâmica. O solo da aldeia era pesado, consumido pelas florestas, e quase só as árvores de fruto se davam bem. Tombavam maçãs dos ramos pejados, enchendo o ar com o seu aroma acidulado. Os miúdos trepavam aos muros dos pomares, apanhavam-nas e corriam para casa com as algibeiras cheias. Volta e meia, o trigo escasseava, mas essa escassez ocasional era a mesma de todas as aldeias francesas antes da Revolução, e as gentes não eram mais infelizes do que noutros lugares. Em 1730, um padre de Rouen, Nicolas Desquinemarre, fora implicado num processo de bruxaria e desterrado em Domfront. A população recebeu-o com cordialidade; os camponeses descobriam a cabeça à sua passagem, e as mulheres levavam-lhe cestas de ovos, mas os registos de um tal Daniel, médico em Neuchâtel, indicavam que, desde a chegada de Desquinemarre a Domfront, sessenta paroquianos tinham sofrido casos de possessão pelos diabos Belfegor e Belzebu.

Pierre Caillebotte e a mulher, Renée, iniciaram um negócio de têxteis que não tardaria a tornar-se rentável e geraram nove filhos, dos quais só quatro chegaram à idade adulta. Febres, cóleras, tifos. Quando os filhos eram pequenos e travessos, Pierre Caillebotte chamava-lhes *Belzebu,* o que arrepiava a mãe, persuadida de que a maldição do padre proscrito contribuiria para a morte precoce da sua descendência. Mas o marido soltava uma gargalhada carinhosa, cujo timbre cristalino atravessaria o tempo, perdurando nas gerações seguintes.

O avô de Gustave, Antoine-Marie-Pierre, e o tio-avô, Nicolas-François-René, marcaram a sua época em Domfront. Eram ambos rapazes esbeltos, de feições corretas e belos olhos claros. Quando atravessavam a praça, as meninas ajeitavam a renda das toucas e acercavam-se das varandas para espreitar. Duas irmãs Feron espreitaram mais do que as outras. Talvez os seus olhos fossem mais afoitos. Talvez as famílias se entendessem melhor, já que os Feron também tinham no seu seio vários negociantes de tecidos. Antoine casou-se com Adélaïde, e Nicolas, com Marie-Françoise. Nessa ocasião, Pierre cedeu aos filhos a loja de tecidos na rua des Porches. Solidários em tudo, os irmãos decidiram gerir em conjunto o negócio que os fez enriquecer.

De temperamento mais calmo e conciliador, apesar das ideias revolucionárias que congeminava entre leituras de Voltaire e Diderot, Nicolas ocupava-se das relações com a clientela. Mais tarde, quando pôde deixar o comércio para se dedicar à administração das propriedades e à pesquisa histórica, que o apaixonava, reuniu uma grande quantidade de manuscritos e publicou vários livros sobre a história de Domfront. Antoine, tão temperamental que chegava a ser insolente com os clientes, dedicava-se à correspondência. Mais intenso nas suas opiniões e no interesse pelas ideias políticas do seu tempo, viria a participar diretamente nos célebres Estados Gerais de 1789.

Nascido em 1799, Martial Caillebotte era o quarto filho de Antoine e Adélaïde e, devido às leis de primogenitura em vigor, era mais do que certo que não herdaria o negócio paterno. Em contrapartida, viria a herdar o voluntarismo do pai, temperado pela sensatez do tio. Obedecendo a uma prática usual entre os filhos do meio, aos vinte e seis anos pediu autorização para se mudar para Paris e buscar fortuna.

O pai não se opôs, e Martial foi trabalhar como caixeiro na loja de tecidos de um tio materno. Era um rapaz enérgico, poupado, seguro de que a vida lhe correria bem. Em poucos anos, pôde começar a pensar em constituir família. Muito a propósito, conheceu nas festas do Advento uma rapariguinha de ar sombrio e melancólico, de rosto emoldurado pelos bandós negros, que o encantou. Em maio de 1828, Martial Caillebotte casou-se na catedral de Notre-Dame com a menina Adèle-Zoé Boissière. Por ocasião da boda, Antoine apanhou a diligência e trouxe ao filho um dote de quinze mil francos. Martial recebeu-o, recolheu as ofertas da comunidade normanda instalada em Paris, pegou nos trinta mil francos que amealhara com o trabalho, arredondou a soma com o dote de Adèle e comprou uma parte no negócio do tio.

Martial e Adèle instalaram-se na rua des Lavandières, junto a Châtelet, num apartamento decorado ainda ao estilo império. Paredes forradas de tapeçarias, cortinados apanhados e um lustre no teto do salão. Embora o casal fosse jovem, a união era algo taciturna. Adèle falava pouco e preferia ficar junto da lareira, a coser e a contemplar o relógio de pêndulo que repousava sobre a chaminé e representava o juramento dos Horácios. De vez em quando, o olhar descia ao sobrado de madeira. Tábuas mais recentes, colocadas à medida que iam aparecendo os buracos, juntavam-se a outras mais antigas e baças. Martial julgava que a jovem esposa se incomodava, e prometia: na primavera, mandariam pintar as paredes e mudariam o soalho. Adèle assentia. Aos domingos, passeavam pelas galerias do Palais Royal, onde ainda se concentravam os joalheiros, os restaurantes e as casas de jogo. Do casamento nasceria em 1830 Léonie, uma menina moreninha e frágil, que o avô Antoine, falecido nesse ano, não chegou a conhecer. Em setembro de 1834, nasceu um menino, batizado com o nome de Alfred na igreja de Saint-Eustache. Léonie morreria aos seis anos. Pouco depois da morte da menina, também Adèle morreria, deixando o pequeno Alfred órfão de mãe.

No meio dos documentos de Helena, a Autora contemplou o único retrato que se conhece de Alfred Caillebotte, já homem feito e sacerdote, em cujas feições muito belas reconheceu poucos traços em comum com Gustave e os outros meios-irmãos. Pareceu-lhe enigmático aquele jovem padre de olhar envelhecido e lábios carnudos, que cresceu entre as paredes severas do seminário e depois percorreu várias paróquias, aplicando a sua fortuna ao serviço dos pobres, assistindo crianças desamparadas e soldados estropiados nas guerras. Outro que não a Autora deste livro talvez perseguisse o enigma silencioso de Alfred, o homem de temperamento plácido e bondoso, aparentemente imune às paixões que agitam o sangue. Mas era Gustave que a fascinava.

Em 1837, no mesmo ano em que o primeiro troço de caminho de ferro ligava a capital a Saint-Germain, Martial foi ocupar um alto cargo no Tribunal de Comércio de Paris. A rua des Lavandières albergava por essa altura seis lojas de tecidos, entre as quais a do jovem viúvo. Quando o governo do rei Luís Filipe anunciou a concessão de novos contratos de fornecimento ao exército, os seis comerciantes decidiram associar-se e propor conjuntamente os seus serviços. Em janeiro de 1842, puderam festejar um contrato de quinze anos com o governo francês e apressaram-se a formalizar os estatutos da empresa, denominada Chambry et Compagnie.

Os seis sócios passaram grande parte do ano a tratar de burocracias. Ao mesmo tempo que se envolvia nessas tramitações, Martial pensava em voltar a casar-se. Talvez por inclinação afetiva, talvez por um certo oportunismo, desposou em janeiro do ano seguinte Eugénie Lemasquerier, viúva de um capitão de artilharia da Marinha. Em abril, um dos sócios não conseguiu reunir a quantia necessária para pagar a sua parte na nova empreitada e decidiu aliená-la. Ao mesmo tempo, deixava vagas a casa e a loja no número 160 da rua do Faubourg Saint-Dennis, para onde Martial, promovido a uma espécie de diretor-geral das confeções, se mudou em agosto, com a nova mulher e o filho do primeiro casamento. Atrás da casa onde viviam, num lote de terreno da companhia, erguiam-se os edifícios onde se fabricavam os tecidos. Martial supervisionava as operações e geria a empresa.

Um ano depois do casamento, Eugénie dar-lhe-ia um filho, Max, mas o menino viveria apenas umas horas, e a mãe, apanhada pela febre, sobreviver-lhe-ia apenas seis dias. Era de noite, em janeiro. A chuva batia contra as portadas cerradas, e, no interior do quarto, o vapor da água usada para os sinapismos colava-se aos cabelos e ao papel amarelado que cobria as paredes. Chamado para se despedir da madrasta, o pequeno Alfred fitava, impressionado, o vulto pálido e transpirado que agonizava no leito, percebendo, aflito, que não se lembrava da morte da própria mãe. No quarto, a irmã da doente e a sobrinha desta, Céleste, entregavam-se aos gestos da boa morte, murmurando preces e resguardando a chama dos círios, a fim de proteger os olhos da moribunda do brilho excessivo.

A dor íntima de Martial, que assim se achava viúvo pela segunda vez e pela segunda vez atacado na sua descendência, contrastaria com o sucesso crescente alcançado nos seus empreendimentos. Em época de guerras, fornecer cobertores para o exército era um negócio florescente. A estratégia fiscal da empresa favorecia o êxito: no final do ano, apenas um terço dos lucros era repartido pelos associados; os outros dois eram reinvestidos na empresa. A competência de Martial e dos seus sócios foi tal que o seu negócio atravessaria incólume os últimos anos da Monarquia de Julho, a efémera Revolução de Fevereiro de 1848, a tímida Segunda República e afirmar-se-ia após o golpe de Estado que fundaria o governo imperial de Luís Napoleão Bonaparte, dito Napoleão III.

Abeirando-se da quinta década de vida, Martial deu-se conta de que estava rico e sozinho. O espelho devolvia-lhe a imagem de um rosto ainda forte e varonil, mesmo que marcado por rugas profundas, lancetadas na pele como pequenas feridas. Hesitava em tomar uma terceira esposa e expor-se à possibilidade de novos desgostos, quando a cunhada lhe propôs a união com a sua filha. A sobrinha da falecida Eugénie fizera-se uma rapariga alta, de aparência firme, quase sisuda, mas sem sombra de arrogância ou de melancolia no olhar, e isso agradava a Martial. Agradava-lhe também que Céleste conhecesse intimamente a história da sua dupla viuvez, sem se mostrar atemorizada. Para o casamento religioso, foi preciso obterem da Santa Sé uma dispensa de impedimento por afinidade, de modo que o enlace só foi celebrado em setembro de 1847. Mas não tardou a que Céleste, enrubescida, batesse uma noite devagarinho à porta do escritório onde Martial revia os livros de escrituração. Contente com a novidade, Martial fez obras em casa e ousou retomar o sonho antigo de ter uma descendência numerosa.

Em breve, Paris vivia as convulsões da República de 1848, que chegara subitamente com o objetivo de resolver o problema do trabalho, da igualdade e da felicidade na terra, mas que pouco depois resvalava, tal como a monarquia antes dela, para as barricadas e as jornadas sangrentas. Poucos meses antes de Céleste dar à luz Gustave, o comité decretara: *Considerando que convém à República empreender e terminar os grandes trabalhos da Paz; que o concurso do povo e a sua dedicação conferem ao Governo provisório a força de cumprir o que a Monarquia não cumpriu; que importa concentrar num único e vasto Palácio todos os produtos do pensamento, que são como que os esplendores de um grande povo, o Governo provisório decreta: 1.º O Palácio do Louvre será concluído; 2.º Chamar-se-á Palácio do Povo; 3.º Este palácio destinar-se-á à Exposição de pinturas e à Biblioteca Nacional; 4.º O povo dos Trabalhadores é todo chamado a contribuir para os trabalhos de conclusão do Louvre; 5.º A rua de Rivoli será continuada a partir do mesmo plano.* Assinado por poetas e filantropos como Lamartine ou Louis Blanc, no que tocava a ser do povo e feito pelo povo o decreto teve a sorte de tantos outros, permanecendo no domínio platónico dos sonhos. Mas, para a Autora deste romance, a crença um tanto ingénua dos seus signatários é como uma nuvem de utopia pairando sobre o início da vida de Gustave, um sopro efémero de brisa amena no mês de março, dando a entender aos homens que os dias que se aproximam já serão de sol e de calor, como um princípio prometedor e inconsequente, entusiasta e vago.

Foi Helena quem chamou a atenção da Autora para os testemunhos desta altura. Um deles é um quadro, apresentando o museu do Louvre em construção, que a Autora viria a ver num dos salões do próprio Louvre, pouco tempo depois de começar a escrever esta história e de ter conhecido Helena. O primeiro encontro entre as duas fora em outubro. Tinham-lhe apontado Helena como uma professora de história da arte especialista na obra de Caillebotte. A Autora escreveu-lhe e recebeu resposta. Foi por essa altura que alguém a preveniu. Helena sofrera uma espécie de esgotamento ou depressão profunda depois da morte do marido. Acontecia-lhe desatar a chorar compulsivamente em contextos que nada tinham que ver com a sua perda ou gritar de angústia nos espaços públicos. Acontecia-lhe ter alucinações e perseguir na rua homens desconhecidos, que supunha serem o marido morto. Agora, muito medicada, vivia praticamente encerrada no seu apartamento. Por tudo isso, e porque o seu primeiro *email* fora conciso e cauteloso, a Autora admirou-se com a celeridade e a gentileza da resposta. «Certamente que a ajudo. Terei muito gosto em poder conversar com alguém que partilha uma das minhas paixões, talvez a única que me resta.» Tinham sido essas as palavras.

Paixão. Uma maneira de dizer. Em todo o caso, a Autora surpreendeu-se com o modo como Helena parecia muito ao corrente do seu interesse por Gustave Caillebotte, embora, em seu redor, não fizesse segredo dos livros de arte que colecionava nem das viagens que empreendia para visitar museus. Talvez todos os que a cercavam soubessem. Talvez até os seus alunos percebessem a emoção que a percorria quando, nas aulas de literatura, a pretexto de um qualquer poema, projetava pinturas de Gustave Caillebotte, procurando ser sucinta e objetiva nas aproximações que entretecia, mas percebendo, pelos olhares de simpatia que recebia dos adolescentes, que se denunciava forçosamente por algum olhar mais demorado, por alguma tremura na voz. A resposta rápida de Helena servia os seus propósitos, mas a Autora sentiu-se devassada e hesitou durante semanas em encontrar-se pessoalmente com a outra. Hesitou até àquela tarde de aguaceiros, o olhar atravessando a vidraça e encontrando no chão empoçado, na probabilidade do frio, na distância a que a sua casa ficava do centro da cidade e do local que Helena propusera, o último conjunto de pretextos para não comparecer ao encontro. Mas Helena fora perentória. «Há muitas coisas que não consigo dizer-lhe por *email*. Temos de falar pessoalmente.»

De modo que a Autora respirou fundo, estendeu a mão para o casaco e saiu.

Gustave nasceria em 19 de agosto de 1848. Um menino sadio, em cujo rosto os pais não souberam logo encontrar parecenças, mas por causa de quem Martial foi até aos arrabaldes de Saint-Denis, a uma morada de confiança, escolher uma rapariga normanda loira e robusta para ama de leite. Inspirados pelas novas correntes que vinham de Inglaterra, vacinaram-no contra a varíola, não quiseram enfaixá-lo, nem deixaram que lhe vestissem calças compridas, das que se usavam até ao tornozelo e embaraçavam os movimentos. Nem a epidemia de cólera de 1849 verdadeiramente os inquietou. Gustave e os irmãos haveriam de crescer de calções, braços e pernas ao ar e ao sol, soltando o pião na viela que conduzia aos terrenos da fábrica, trepando os muros e jogando ao berlinde, como os filhos dos operários e as outras crianças pobres.

René nasceu quase três anos depois de Gustave. Era uma criança nervosa que chorava horas a fio e de quem Gustave teve muitos ciúmes, espiando-o no berço e reprimindo a vontade de lhe beliscar as faces congestionadas. Alfred, por sua vez, encantava-se com os irmãozinhos. Tomava René no colo e puxava Gustave para si. Este acercava-se do meio-irmão, achando estranho o cheiro que se desprendia das roupas dele, demasiado engomadas para um adolescente, os punhos sempre limpos, a gola sempre asseada, como se nenhuma mácula tivesse assento nele. Os hábitos da solidão e do ensimesmamento já tinham lançado raízes fundas em Alfred, que se afeiçoara aos ritmos do pensionato para onde o pai o enviara, manifestava interesse pela vida consagrada e falava timidamente desses projetos. Martial não se opunha, ciente de que algum dos outros filhos haveria de assumir os negócios da família. Quanto a Céleste, piedosa, apreciava a inclinação do enteado, a quem se sentia muito ligada pela semelhança de feitios, sendo ambos calados e comunicando muito bem no seu jeito tranquilo de falarem sobre os mesmos livros quase sem necessidade de se pronunciarem: «Leu esta passagem, minha *mãe?*» Céleste ouvia-o, sorria-lhe, e assim se entendiam perfeitamente.

Por essa altura, os parceiros de negócios de Martial Caillebotte já quase todos tinham residência em algum dos novos bairros elegantes da capital. Enquanto fosse inspetor geral da fábrica, Martial não poderia pensar em abandonar a morada do Faubourg-Saint-Denis. Em compensação, comprou uma quinta em Puisieux, perto de Meaux, uma cidade quarenta quilómetros a nordeste de Paris, flanqueada pelas águas luminosas do Marne. A propriedade compreendia uma casa, alguns edifícios de exploração agrícola e quinze hectares de floresta, prados e terras de cultivo, que Martial arrendou e donde provinham legumes, fruta fresca e carne que abasteciam a despensa da família. Na sua rua de Paris, continuavam a erguer-se novas construções, e a vilegiatura em Meaux oferecia a possibilidade de descanso e ar puro. A Autora deste livro imagina que o pequeno Gustave terá dado os primeiros passos entre o apartamento na cidade e a quinta, embora prefira que tenha sido aí, no pátio aberto por onde alguém saía ou entrava alegre a meio do trabalho, com um molho de verduras frescas na mão, no chão do pomar onde as frutas tombadas faziam um manto de perfume e de fartura, no pequeno carreiro junto à habitação dos caseiros, por onde se arrastavam as aves de capoeira e os gatos desatavam a correr de repente, como se obedecessem a razões estranhas.

Para Martial Caillebotte, foi uma época de grandes alegrias familiares, que se estendiam aos bons resultados do primogénito no colégio, à terceira gravidez de Céleste e ao nascimento, em de abril de 1853, de mais um menino, batizado com o nome do pai. Agora, Martial era não só chefe de família, mas também membro de uma empresa sólida e respeitada, que viria a renovar o contrato com o Estado, renomeando-se La Société des Lits Militaires. Por isso, quando o tio Nicolas, aos oitenta e cinco anos, caiu com uma apoplexia no meio dos seus manuscritos e in-fólios, a notícia foi recebida mais como o desfecho curioso de uma personagem quase histórica do que como a morte de um familiar com quem se partilhava o sangue, e não chegou a ensombrar a vida do casal.

Em 1851, o casamento de Napoleão III, sobrinho e herdeiro de Napoleão Bonaparte, com a bela Maria Eugénia, condessa de Montijo, assinalava uma época de exuberância patriótica. Multiplicavam-se os bailes, as receções, as festas, os jantares oficiais, os concertos no Palácio das Tulherias, aos quais compareciam diplomatas, militares engalanados, figuras eminentes, intelectuais. Por essa altura, o preço do pão excedia os quarenta cêntimos por quilo, valor considerado o limite aceitável para a classe trabalhadora. Mas, ao invés de se preocuparem demasiado com a possibilidade de tumultos, pintores, escultores, gravadores, poetas, homens mundanos, celebravam o jeito de andaluza da imperatriz, as suas espáduas perfeitas, os seus olhos azul-cobalto e, claro, os seus cabelos muito longos, de um castanho invulgar, indefinível, a que alguns, à falta de outros recursos linguísticos, chamavam castanho Ticiano, por se assemelhar ao das modelos do pintor veneziano.

Em 1855, Martial levou o pequeno Gustave a visitar a Exposição Universal montada no Palácio da Indústria, especialmente construído para a ocasião. Um pouco tolhido no fato de veludo e nos punhos de renda que o apertavam, nem por isso o miúdo deixou de se maravilhar com o espetáculo que lhe era oferecido contemplar. Mobílias, ornamentos e todas as invenções das artes decorativas, destinadas a rechear as casas da burguesia endinheirada, ocupavam grande parte da exposição. Depois havia a galeria das máquinas, delimitada por quatro imponentes locomotivas, símbolo do génio industrioso e inventivo da época. E a secção onde se expunham os utensílios em alumínio, metal recém-descoberto, leve como o vidro, quase tão belo como a prata, destinado a substituir o ferro envelhecido e fora de moda. Mas a Autora vê que o pequeno Gustave ficou sobretudo encantado com a azáfama, o fluxo de gente de todas as classes, o movimento das carruagens, o aparato luxuoso dos visitantes, a seda dos vestidos das mulheres, a amplidão das suas crinolinas, as pérolas e as plumas dos seus chapéus. E decerto o cheiro, o aroma inconfundível de lilases e perfumes elegantes que ainda é um pouco o que ela costuma encontrar em Paris. Em torno do Palácio da Indústria, as poças de chuva refletiam as nuvens, num movimento cinzento e desencontrado. Martial parava a conversar com os seus conhecidos; liberto da vigilância paterna, Gustave molhava as botinas nas poças, para agitar as nuvens.

No próprio recinto da Exposição Universal, o pintor Courbet, a quem o Salão Oficial recusara a tela *O Ateliê do Pintor* por a achar indecorosa, dava sinais de querer demarcar-se das amarras que constrangiam a arte, apresentando, num mero barracão de tábuas construído a expensas suas, uma mostra dos seus quadros a que dera o título de *O Realismo*. Todos os que entravam no barracão comentavam *Um Enterro em Ornans*.

Não tratava de um assunto histórico ou bíblico, mitológico ou alegórico, como costumava suceder com as telas de grande formato. Era uma cena contemporânea, popular, familiar. Um cemitério. Uma cova. Uma pequena multidão de rostos grosseiros. O tom da paisagem era verde sujo. O céu e as roupas dos presentes, cinzentos e carregados. A impressão triste e desoladora que se desprendia da tela era tal que Gustave tinha os olhos presos. O pintor aproximou-se. «Gostas, meu rapaz?» O miúdo acenou que sim. «Não se pode dizer que seja alegre», comentou em surdina o pai Caillebotte, «mas faz-me lembrar Domfront». Por momentos, o normando rico que descera à capital para fazer fortuna via-se transportado em pensamento para um enterro humilde, numa aldeia como a dos seus pais. Martial chorara ao enviuvar duas vezes e ao perder filhos. Não queria agora chorar por causa de um quadro. Por isso, deu a mão a Gustave e arrancou-o à contemplação. «Vamos.»

Um dia, era a Autora ainda criança, tinham-na levado numa visita de estudo a um museu, instalado no antigo palácio de uns condes. Mesmo ao cimo de uma escadaria de pedra, havia um largo painel pintado. Nesse painel, como se o artista se tivesse acomodado no cesto da gávea de uma nau atracada em pleno rio, contemplava-se a fachada ribeirinha da esplendorosa capital de um império. Entre os estaleiros e a correnteza de edifícios portuários, sobressaíam torres e palácios, conventos e solares nobres. Em segundo plano, um casario irregular distribuía-se pelas ruas estreitas e sinuosas. Mais atrás, recortavam-se contra o céu luminoso sete colinas, reverdecendo sob a luz do sol. E embora tudo fosse uma pintura, uma pintura velha numa tábua de madeira, a Autora menina quase pressentia a vida que a inspirara, a animação, a confusão de gentes de diferentes cores e dialetos, o movimento dos mercadores e artesãos, o chiar das rodas dos carros, o ruído dos cascos dos animais, o bater dos martelos nas quilhas dos barcos, o ranger dos escopros dos pedreiros, o aroma morno a pão cozido, o cheiro fétido dos despejos, o palrar das crianças nos seus jogos de rua, o bulício constante nas embarcações da carreira das Índias que aportavam à barra e, principalmente, o arrepio na pele do pintor ao assistir a tudo, de coração alvoroçado e olhos franzidos contra a claridade. O navio que no quadro largava o porto, explicava aos miúdos a guia do museu, conduzira um missionário e futuro santo até às Índias. Era um pormenor minúsculo pintado nesse quadro. Era um pormenor, mas era para esse pormenor, o retrato quase invisível, o indivíduo sem feições escondido na cena, que a Autora menina olhava.

3

No ano em que Gustave nasceu e a capital recuperava da recentíssima experiência da Revolução de Fevereiro, as ruas de Saint-Honoré e Saint-Antoine eram ainda as maiores da cidade. Chamavam rua de Rivoli às cercanias pavimentadas de um jardim. Os Campos Elísios não passavam de uma fossa infecta. O Bosque de Bolonha ficava no fim do mundo. Paris era um aglomerado de travessas estreitas e imundas, onde as senhoras sacrificavam a orla dos vestidos e os transeuntes afundavam as botas. Nos caminhos de ferro, incipientes, circulavam vagões pequenos, pouco arejados e pouco iluminados, que despejavam quotidianamente em Paris torrentes de trabalhadores, comerciantes, viajantes, que dificilmente encontravam onde se alojar.

O plano para transfigurar a capital que, em 1853, o recém-eleito prefeito do Sena apresentou ao imperador era simples e ambicioso. Arrasar as ruelas sinuosas e, no seu lugar, rasgar avenidas largas e direitas. Transformar os bairros aglomerados do centro da cidade, para a circulação se fazer livremente até às periferias. Derrubar as velhas muralhas e anexar as regiões limítrofes. Derruir os casebres sórdidos e sombrios, cuja insalubridade era cúmplice de todas as epidemias e cujos recantos eram coniventes com todas as insurreições. Expulsar, enfim, os seus moradores para os arrabaldes, partindo para uma nova organização geométrica das casas, a regularização dos traçados e a simetria das fachadas.

Durante quase duas décadas, Paris iria crescer, modernizar-se, higienizar-se, e os seus habitantes teriam permanentemente diante dos olhos demolições, escombros, estaleiros, construções, reconstruções, obras, restauros, para de vez em quando verem irromper de trás dos tapumes ruas largas, avenidas, praças, pontes, hospitais, igrejas, edifícios. Os burgueses com fortuna extasiavam-se diante das novas fachadas, enquanto os vagabundos e os bebedores de absinto calcorreavam os monturos, na esperança de encontrarem as moedas e as joias que as lendas diziam existirem nas fundações de Paris.

O barão Haussman não se limitou a reformular o traçado das vias da capital. Oitocentos mil metros de esgotos construídos com materiais sólidos e resistentes enredaram-se nas entranhas da cidade, toda uma Paris subterrânea tão complexa como a que brilhava à superfície, com os seus rios, os seus cais, a sua linha de carris, as suas estações. Sob o pavimento dos bulevares, estendiam-se também as condutas de distribuição do gás, essa substância misteriosa e impalpável. De início, a purificação do gás era imperfeita, a emissão dos bicos irregular. Mas, aos poucos, as maravilhas da nova iluminação convenceram os parisienses. À luz ilusória do gás, a tez muito clara das mulheres elegantes resplendia; na lapela dos dândis, as flores cortadas adquiriam um brilho quase mágico.

Criaram-se passeios, praças, parques decorados com balaustradas, pórticos, colunatas, fontes e estátuas. O Bosque de Bolonha recebeu cascatas, grutas e lagos. Em volta do Arco do Triunfo, implantou-se uma estrela formada pela interseção de doze avenidas amplas, ocupadas por grandes mansões. As novas alamedas encheram-se de árvores. Plátanos, tílias, acácias, sicómoros e sobretudo castanheiros, de grande porte, copa ampla e folha recortada, que eram os preferidos do barão.

No mesmo ano em que se dava início à reconstrução de Paris, o internato de Louis-le-Grand, que Alfred Caillebotte frequentava, instalava-se em Vanves, nos arredores de Paris. O governo imperial encorajava a instrução no campo para os rapazes de boas famílias, que aí gozavam de ar puro e liberdade de movimentos. Quando, em 1859, Gustave chegou ao colégio, o edifício tinha capacidade para acolher quatrocentos alunos internos.

O pequeno Caillebotte habituou-se facilmente ao ambiente frio, à disciplina rigorosa e aos ritmos maquinais do colégio. Não era falador. Não fumava às escondidas. Tinha boas maneiras e saía-se bem na maioria das matérias. Não se incomodava com o cabelo cortado rente, nem com o uniforme que lhe impunham e era áspero nas costuras. Durante as leituras espirituais das sextas-feiras, que inculcavam aos alunos a consciência dos perigos do mundo e das penas do inferno, ficava calado, desenhando mentalmente o perfil anguloso do prefeito, de modo que a sua seriedade e o seu olhar vagaroso eram facilmente confundidos com uma extrema docilidade. No recreio, corria mais do que os outros rapazes, revelando grande destreza no boxe e noutros jogos físicos.

Nessas horas, permitia-se aos rapazes uma certa algazarra de vozes e correrias, na qual Gustave assumia a sua quota parte. No entanto, a Autora deste livro repara que o pequeno se afastava muitas vezes para o topo de uma colina do parque, sobranceira ao muro, de onde se avistavam os campos em redor. Era no outono, quando as folhas secas rangem sob os pés dos caminhantes. Ouvia-se o mugido do gado recolhendo ao curral e, de vez em quando, trazido pelo vento, o grito prolongado do pastor. Ao longe, os recortes da grande cidade apresentavam-se como uma mancha cinzenta de contornos esfumados. Perto do colégio, pelas encostas, o crepúsculo caía sobre casas e quintazinhas muito quietas, aqui e além a luz ténue e pálida de uma habitação. Tudo esmorecia, tudo se desfazia na penumbra. A sineta de cobre já chamava os alunos para dentro, mas o pequeno Gustave ainda se demorava. Levava os dedos ao pulso e procurava os batimentos do coração, porque lhe parecia que a sua vida se esvaecia também, tal como se esvaecia, numa diluição de arestas, tudo o que o cercava.

À distância de mais de um século, uma menina de oito anos, que é a Autora deste livro, acercava-se da varanda em ferro da casa onde morava para observar, sobre o rio e as casas despejadas pelas suas margens, as pinceladas alaranjadas do crepúsculo. As trevas desciam depressa sobre o granito das ruas, dos muros, dos prédios, tornando tudo mais frio, mais recolhido. De dentro, chamavam-na para jantar. Também ela brincava muito no recreio da escola, brincadeiras alegres em que era sempre parte ativa e das quais regressava com joelhos esfolados, as faces coradas e um sorriso de triunfo. Depois das aulas, voltava a casa com um pequeno grupo de meninos. Havia risos, jogos, saltos, despedidas risonhas até ao dia seguinte. Da varanda de ferro, a Autora via o último dos colegas a desaparecer na curva apertada da rua. Era só isso. Isso, e um pedaço de muralha antiga que se avistava da janela da cozinha, e o rádio sintonizado numa estação antiquada, donde escorria alguma melodia triste, e o rosto bondoso da tia velha que vivia consigo.

Por vezes, nas ocasiões em que os alunos eram autorizados a escrever cartas, Gustave lembrava-se de transmitir uma parte das suas impressões melancólicas à mãe ou até ao meio-irmão, mas depois hesitava e, em vez disso, alinhava na sua caligrafia direitinha informações corretas sobre as cerimónias da Quaresma no colégio ou as notas que tirava a Latim. Somos todos assim, diriam alguns à Autora deste livro, os homens que fumam porque não sabem onde pôr as mãos, as adolescentes que encurtam as camisolas como quem tenta encurtar a dimensão do próprio sofrimento. Nada há na melancolia das crianças e dos homens de outros tempos que seja diferente da de hoje. E ela não seria capaz de discordar.

Um dia, um aluno mais crescido resolveu espancar um dos mais pequenos, por uma questão tonta de merenda roubada. A vítima era um rapazinho loiro, de mãos suaves como as de uma menina, que levava ao rosto para se proteger, enquanto protestava a sua inocência. Gustave acorreu em sua defesa e assestou um par de socos no agressor. O rapaz maior caiu por terra, e foi preciso carregá-lo em braços até à enfermaria. Gustave sofreu o seu primeiro e único castigo no colégio. Doeu-lhe mais ver-se privado da possibilidade de se evadir ao final das tardes para a colina do parque do que as chibatadas com que o prefeito o puniu ou os três dias de isolamento que lhe foram impostos. Quando terminou o castigo e regressou às aulas, Gustave viu que o rapaz grande baixava os olhos diante dele e que o rapazinho loiro lhe sorria. Graças ao incidente, todos ficaram a perceber que, apesar do semblante calmo e da baixa estatura, Gustave era dado a ataques de fúria, e decidiram não o perturbar demasiado.

Mas não nos apressemos. O tempo não dura o mesmo em todas as idades, e na infância é melhor que corra brando e suave. Gustave, por ora, está no limiar da adolescência e espreita o cair da noite sobre os campos de Vanves. Agora, a Autora, já mulher, contempla um retrato de estúdio de Gustave em criança. Foi Helena quem lhe chamou a atenção para esta e outras fotografias do pintor que se julgavam perdidas, espalhando-as sobre o tampo da mesa de fórmica, aquando do seu primeiro encontro. A Autora agradeceu, sem alcançar a razão por que ao mesmo tempo se sentia incomodada. Que direito teria Helena a poder ter espreitado esse retrato antes dela? Na imagem, Gustave terá onze, doze anos. Está vestido formalmente, de colete e sobrecasaca, postado diante do cenário pesado de uns reposteiros de pregas. A pose rígida foi certamente imposta pelo fotógrafo, bem como a mão esquerda pousada sobre os volumes de lombada grossa dispostos em cima da mesa de mogno, mas o olhar, sério e voluntarioso, é o dele, e assim se conservará ao longo dos anos. Gustave tem as faces redondas e a estatura de uma criança, mas a atitude de um pequeno adulto. Os cabelos são abundantes e anelados, muito diferentes dos cabelos ralos que teria mais tarde. A Autora pergunta-se se Gustave já pintaria nessa idade. Sim, certamente, ainda que não usando tintas ou pinceis; as mãos, que se pressentem inquietas sob a rigidez da pose, estão só à espera de começar.

Pela mesma altura em que o jovem Gustave se deixava retratar e Alfred era ordenado padre na igreja de Saint-Sulpice, o pai Martial era eleito juiz titular no Tribunal de Comércio do Sena. À medida que o velho normando se instalava numa existência de conforto, cresciam as suas ambições de possuir uma propriedade nos arredores da capital que afirmasse o seu estatuto de burguês endinheirado.

Por um acaso feliz, os herdeiros de Martin Guillaume Biennais tinham acabado de pôr a leilão uma extensa propriedade em Yerres, uma cidadezinha nas margens do rio com o mesmo nome, aproximadamente vinte quilómetros a sudeste de Paris. A viúva de Biennais nunca quisera vendê-la, apreciando demasiado a casa e os móveis que a recheavam. O inventário dos seus bens após a morte descrevia a mobília do quarto com pormenores inesperados: *Num grande quarto de dormir iluminado por cinco janelas voltadas para o jardim: um divã, uma secretária, uma cómoda, uma mesa de cabeceira, um psiché, uma cómoda mais pequena, tudo em madeira de acajou com ornamentos em cobre dourado, estimado em mil francos.* Como uma das filhas da viúva Biennais era aparentada com Adèle, a primeira esposa de Martial, as negociações hão de ter decorrido tranquilamente, até que, em maio de 1860, Martial Caillebotte formalizou a aquisição da propriedade, juntamente com os móveis de quarto em madeira de mogno flamejante e ornamentos em cobre dourado.

Martin Guillaume Biennais fora nada menos do que o ourives de Napoleão Bonaparte. Quando, durante uma visita ao museu do Louvre, Martial apontou aos filhos o quadro de Jacques-Louis David que imortalizava o acontecimento da sagração imperial e explicou que a coroa em ouro que o imperador ostentava tinha sido executada pelo senhor Biennais (o falecido pai daquele moço de bigodes retorcidos que assinara o contrato de venda da propriedade), foi a segunda vez que Gustave, que até então praticamente só vira pintadas cenas históricas e figuras mitológicas, percebeu que a arte podia tocar na vida, a vida real, concreta, tangível. Napoleão, envolto no seu manto de veludo encarnado, parecia-lhe uma personagem tão fantástica como Aquiles ou Júpiter. Mas o senhor Biennais, o seu ourives, o manufator da sua coroa de ouro, mesmo que Gustave nunca o tivesse conhecido, era tão verdadeiro como ele ou o pai ou os irmãos ou as personagens do quadro de Courbet que representava um enterro na aldeia.

Ainda que a propriedade de Yerres tivesse sido edificada um pouco antes do início do século, o aspeto com o qual Martial Caillebotte a encontrava datava da década de vinte, quando Pierre Frédéric Borrel, proprietário do famoso restaurante Le Rocher de Cancale, a adquirira. Borrel consagrara uma grande parte da sua fortuna a aumentar e embelezar os seus domínios, estendendo o parque por uma área de mais de onze hectares. Os visitantes que atravessavam o portão descobriam primeiro o Casino, um edifício sóbrio, ao estilo paladiano. Viam depois o Quiosque, uma construção de aparência oriental, assente sobre a Geleira, cujas paredes de alvenaria permitiam guardar gelo em pleno verão. Do lado oposto ficava a Quinta Ornamentada, que, além de uma êxedra ornada com bustos de deuses gregos, compreendia cavalariças, uma leitaria, granjas e aviários.

No final dos trabalhos de melhoramento, os visitantes, quase todos escolhidos entre os clientes do seu restaurante, que Borrel convidava a virem examinar os seus terrenos, bem podiam reconhecer, com um misto de deslumbramento e inveja, a beleza da herdade, digna de ombrear com as dos vizinhos, muitos deles banqueiros, ministros, pares de França. Os mesmos dândis e elegantes que iam ao Le Rocher de Cancale cear ostras depois da ópera comentavam com ironia quão exagerados deveriam ser os preços praticados no estabelecimento para que Borrel tivesse podido fazer uma tal compra.

Ao longo dos anos que se seguiram à aquisição da propriedade em Yerres, Martial Caillebotte estendeu os canteiros e fez erguer novas dependências. Na margem do rio, que serpenteava ao longo do parque, mandou construir um embarcadouro com um telheiro. Aumentou a horta, onde Gustave passava muito tempo a plantar sementes e a experimentar enxertos com os hortelãos. Finalmente, mesmo no meio do parque, seria benzida uma pequena capela em estilo neogótico, na qual Alfred, aos domingos, celebrava a missa para a família, os vizinhos e os membros do pessoal.

Foi, pois, a partir dessa época que os Caillebotte começaram a passar os verões por ali, longe das obras intermináveis que continuavam a esventrar Paris. Era em Yerres que Gustave, interno no colégio durante o ano escolar, experimentava a vida em família. A animação dos vizinhos, a azáfama dos empregados, a movimentação dos primos que chegavam, contagiavam o espírito do jovem. O pai Martial caçava na companhia dos vizinhos e dos parentes de visita. Céleste e as senhoras passeavam pelas alamedas ou ficavam sentadas à sombra, a bordar. Os serões eram tranquilos. Lia-se, conversava-se, jogava-se às cartas. Na sala de bilhar, os homens pousavam o charuto ou o cálice de conhaque na mesinha de pernas torneadas para assestar a tacada e, no meio do quase silêncio, ressoava o estampido das bolas de marfim.

A moda dos exercícios náuticos chegara recentemente de Inglaterra, e os novos-ricos viam o desporto como um passatempo e uma necessidade, fazendo com que o rio Yerres fosse cursado por numerosos barcos e canoas. A Autora imagina a cena. Gustave tinha doze anos, René, nove, e o pequeno Martial *Fils*, apenas sete. O mais friorento era sempre o mais novo, que adiava a entrada na água, saltando, já descalço, de um pé para o outro. O mais destemido era René. O mais jovial, Gustave. Juntavam-se-lhes os rapazes das propriedades vizinhas, Maurice Brault, filho de banqueiros, um adolescente alto e ágil que adorava nadar e andar de canoa, e Henri Rouart, um rapaz um pouco mais velho do que os outros, que quase sempre preferia ficar pela margem, sentado na relva, pintando aguarelas cheias de matizes de verde.

Martial sorria ao ver os corpos saudáveis dos filhos a manobrarem as embarcações, a força muscular dos braços jovens vencendo a resistência da água. Nunca soubera nadar. Em Domfront, não lhe fora permitido aventurar-se nas águas traiçoeiras do Marne. Depois, já na capital, andara demasiado ocupado a fazer fortuna e a enterrar filhos e jovens esposas. Entre o aroma tépido da folhagem e o chilrear dos pássaros, os três rapazes, mergulhando das margens e emergindo das águas com a beleza e o riso dos corpos da infância, pareciam-lhe uma imagem de eternidade. Alfred, de visita, observava-os com um meio-sorriso benevolente, acercava-se da corrente, aninhava-se, arregaçava a manga da batina e refrescava o rosto. «Está fria!», exclamava. «Está ótima!», gritavam-lhe os irmãos.

Dos filhos de Martial, talvez fosse o adolescente Gustave quem mais desabrochava no seio da herdade. Gostava do ar puro, do exercício, de percorrer as ruelas sinuosas do parque. Aproximemo-nos devagar. Devagar, para não sobressaltarmos os pássaros, que revoariam, nem surpreendermos o adolescente, que agora contorna o embarcadouro e segue pela orla do Yerres, procurando um lugar mais adiante. O perdigueiro acompanha-o um pouco atrás, num trote alegre e servil. O rapaz leva no dorso o vigor, a flexibilidade, a frescura de pele, que o resguardam de todas as máculas. Tem nos olhos o brilho dos dias intermináveis. Pode todos os sonhos. Desconhece todas as dificuldades. Que quererá ele, interroga-se a Autora, vendo-o avançar descalço sobre a relva? Mergulhar sozinho, encontrar um pedaço de rio só seu.

Algures entre o fim da infância e o início da adolescência, a Autora deste livro conheceu também a sua casa no campo e a sua porção de rio. Era nas férias grandes, quando o pai a levava de carro à aldeia dos avós. Chegados à curva em que terminava a estrada de alcatrão e que dava para um caminho estreito de poeira, o pai abrandava, e desciam devagar, reconhecendo cada casa, cada portão de ferro, cada campo de cultivo, cada cão que ladrava e corria atrás do carro, cada pinheiro onde o proprietário engastara uma vasilha para recolher a resina, cada tufo de giestas onde as abelhas zumbiam, ocupadas com a ideia do mel. Na quinta, os avós recebiam-na com sorrisos. A avó cheirava a terra e a ervas cortadas. No meio do pinhal que rodeava a casa, havia um rio. Era para lá que a Autora menina se dirigia mal chegava, atravessando depressa o silêncio, que não era a ausência de ruído, mas os sons muito suaves, muito claros, das folhas que tremiam devagar ao vento, da caruma que estalava sob os seus passos ligeiros, até ouvir, primeiro muito fino, muito ténue, depois mais forte e poderoso, um alegre correr de água. Era o rio, que saltava sobre uma represa e, mais adiante, a azenha. A água era fria e deixava ver as pedras polidas no fundo do leito e os cardumes, pequenos e escuros como pinceladas, que lhe faziam cócegas nos pés. Todas as vezes em que, nas férias, a Autora deste livro mergulhou nesse rio condensam-se num momento que, ao ser lembrado, termina numa imagem translúcida, fresca, exaltante: a do seu próprio corpo inteiro e imerso.

Gustave começou a pintar em Yerres por essa altura, talvez incitado pelo seu amigo Henri Rouart, que lhe elogiava o talento, talvez obedecendo simplesmente ao encanto do lugar. Tudo em redor se oferecia como tema. Os passeios de canoa. Os gestos de lazer nas margens do rio. Os reflexos de luz e sombra nas águas. A horta e os canteiros de verdura. As ocupações domésticas da família e dos empregados. As laranjeiras em vasos, que no verão proporcionavam sombra e no inverno davam frutos sumarentos. Até 1879, altura em que a propriedade deixaria de pertencer aos Caillebotte,

Gustave pintaria mais de oitenta telas representando esta paisagem. As temporadas em Yerres, explicava Helena, iriam determinar boa parte das características da sua obra futura: cenas triviais pintadas em grandes formatos, perspetivadas através de ângulos inesperados, muito influenciadas pelas variações de luz. De modo que, por volta dos doze, treze anos, experimentando os primeiros mergulhos no caudal tranquilo de Yerres, o pequeno Gustave experimentava também o mergulho nas cores.

4

Foi, então, numa tarde de outono que a Autora deste romance se encontrou com Helena. A professora de história da arte sugerira aquele café antigo, quase deserto, metido numa zona velha da cidade. «Espero que não se importe», desculpou-se, «costumava vir cá com o Francisco». Tinha chegado primeiro e escolhera a mesa mais ao fundo, mais na penumbra, sobre cujo tampo dispusera duas pequenas pilhas de papéis. Estava embrulhada numa gabardina escura, que manteve vestida, e embora nem a aparência nem as palavras sugerissem estranheza, desprendia-se-lhe dos gestos uma ligeira sombra de perturbação. Pediram ambas chá. Helena comentou a coincidência; a Autora esboçou um sorriso. Por breves instantes, instalou-se entre ambas um silêncio incómodo, que foi Helena a romper, começando por resumir a sua história. Falou da morte do irmão mais novo, ainda ela era criança, do suicídio da mãe, quando ela já era uma jovem, da morte do marido, havia três anos, da qual não recuperara. Era seguida em psiquiatria.

Por momentos, a Autora receou que Helena, entrando com tanta celeridade nos motivos do seu estado atual, fosse uma daquelas pessoas que exibem ruidosamente o seu sofrimento, mas depressa percebeu que isso não iria acontecer. A voz de Helena soava calma e nítida, algo monocórdica.

«O pensamento de suicídio ronda-me continuamente. Tomo comprimidos para dormir, comprimidos para acordar, comprimidos para me manter funcional. Há uns que, ingeridos em doses excessivas, seriam letais. Tenho esse frasco pousado no armário da casa de banho. É um ritual matinal. Enfrentar-me ao espelho e saber que tenho ali a saída caso a minha dor se torne demasiado intensa.» A confidência, tão bela quanto abrupta, parecia algo que a Autora tivesse lido num livro. «A psiquiatra não desiste. Que tenho de aceitar que não posso mudar o passado, que tenho de continuar.» Um empregado taciturno, de traços carregados e idade indefinível, pousou-lhes na mesa duas chávenas fumegantes. Helena hesitou durante uns segundos e prosseguiu. «Vou matar-me um dia destes, isso é certo. Tenho demasiadas razões para o fazer. A questão é quando. Poderia ser num dia como este, gosto da chuva e do tempo frio. Mas não vou fazer-lhe isso, fique descansada», apressou-se a acrescentar, sorrindo. «Seja como for, tem aqui tudo o que eu sei sobre Gustave Caillebotte.» E, com dois gestos largos, espalhou sobre o tampo de fórmica os papéis e os retratos que tinha trazido e começou, lentamente, serenamente, a legendá-los.

Um pouco assoberbada, não só pela informação derramada sobre a mesa, mas sobretudo pela intensidade das revelações, a Autora observava a mulher sentada à sua frente. De repente, Helena era tão parecida consigo que se diriam irmãs. Os mesmos cabelos castanhos e finos, caídos sobre os ombros, os mesmos lábios cheios, os mesmos olhos grandes. Só que os de Helena eram um castanho e o outro verde. Um como os seus, pensava a Autora, o outro como os de Caillebotte. Sim, eram parecidas. As mesmas mãos um pouco pálidas. A mesma presença levemente distraída. De si, a Autora sabia que sempre fora desprendida, sempre tivera aquela maneira de ser, a tocar nas coisas provisoriamente ou ao de leve, sem conseguir registar o que sentia. As experiências recentes passavam por si muito depressa. O passado distante era tudo o que importava. As palavras necessárias, como, naquela tarde, naquele momento, encontrar a forma certa de agradecer a Helena ou demonstrar inquietação pelo seu estado, esbarravam, como sempre, na sua boca cerrada à expressão das grandes emoções.

«Está outra vez a chover. Gosto da chuva», repetiu Helena, «gosto de dias como este». Depois, voltou a falar de Francisco. «Estivemos juntos muito pouco tempo. Gostava de ter palavras que não soassem banais, mas não tenho. Quando ele morreu, tudo deixou de fazer sentido. Não conseguia trabalhar, não conseguia falar com ninguém, não conseguia comer.» Helena não chorava, a voz não lhe tremia, mas os olhos, os mínimos gestos, até a gabardina escura e elegante que vestia, pareciam envoltos em desolação, tanto que a Autora, ligeiramente embaraçada, sentiu que algo era esperado de si. Retribuir a confidência? Mas que tinha ela para dizer que pudesse ombrear com a dimensão do sofrimento da outra? Contar-lhe que a sua relação com Gustave Caillebotte excedia o interesse de uma romancista por uma personagem? De modo que preferiu agarrar-se às fotos e aos documentos e, pouco a pouco, Helena foi-se calando.

Despediram-se à porta do café num intervalo de aguaceiros. A Autora segurou contra o corpo a mala onde guardara os documentos que Helena lhe trouxera, e esta atravessou a rua, um guarda-chuva fechado numa mão, a pasta de cabedal vazia pendendo-lhe da outra, os cabelos levantados pelo vento. Enquanto o vulto franzino da professora desaparecia no meio do ruído do trânsito, do fumo, da multidão de gente apressada, a Autora sentia-se mergulhar num daqueles momentos em que o tempo e as suas medidas, os lugares e as suas ocorrências, se diluem numa dimensão misteriosa, aquela onde os vivos e os mortos existem lado a lado, sem assombro nem agitação. Já não estava ali, em frente do café dos velhos. Era um dia de chuva, mas noutra rua, de outra cidade, de outro tempo, percorrida por outros indivíduos, afundada em outras gamas de cinzento.

Debruçada sobre os papéis que lhe entregou Helena, a Autora descobriu que todos os anos, por ocasião do aniversário do imperador, era costume o presidente do Tribunal de Comércio solicitar a Legião de Honra para o membro mais antigo. Em 1861, sucedia que esse membro era Martial Caillebotte. De acordo com o procedimento usual, o diretor de polícia foi chamado a investigar o candidato, anotando no seu relatório que Martial se destacava pela assiduidade com que comparecia às sessões e pela aplicação zelosa dos regulamentos. Era, além disso, detentor de uma grande fortuna, honradamente conquistada, e gozava de excelente reputação nos negócios. Não menos importante, parecia fiel à causa imperial. Nesse agosto, a alegria pela condecoração de Martial Caillebotte juntava-se à celebração do décimo terceiro aniversário de Gustave, ambas assinaladas por um donativo generoso do normando à sua aldeia natal, o qual contribuiria para o restauro da torre do castelo e mereceria um agradecimento por parte do conselho municipal de Domfront.

Por essa altura, Napoleão III multiplicava as ações militares um pouco por toda a Europa, mas também na Crimeia, na Síria, no México, visando impor o domínio da França e exaurindo o erário público. O certo é que, em 1865, o Estado francês entendeu que La Société des Lits Militaires, enquanto empresa privada, dificilmente reuniria capitais suficientes para expandir as suas operações e não renovou o contrato de fornecimento. Martial Caillebotte e os parceiros iniciaram a liquidação dos seus ativos, que se estenderia ao longo dos meses seguintes. Quando o processo foi concluído, tiveram a grata surpresa de verificar que a empresa valia cerca de vinte milhões de francos. Na verdade, todos se sabiam ricos, muito ricos, mas não se imaginavam milionários. Com quase setenta anos, o velho Martial não se importou com a dissolução da empresa nem com a reforma, muito menos com a necessidade de mudar de casa, já que agora a família Caillebotte habitava uma casa que tecnicamente pertencia à extinta companhia.

Nessa época, continuavam a nascer na capital ruas largas e sumptuosas, mas a cidade ainda dispunha de muitos terrenos para construção. Paris já não era uma cidade, era um governo, explicava o poeta Vítor Hugo. Vinham visitantes, estrangeiros, curiosos. Chegavam, olhavam em redor, fixavam-se, arrendando apartamentos, construindo mansões, abrindo negócios, e Paris deixava de ser uma cidade francesa para se tornar capital do mundo novo, o mundo dos ousados, dos felizes, dos privilegiados. Também Martial Caillebotte se juntou a esse movimento, adquirindo a pronto, por quase cento e cinquenta mil francos, um lote na esquina do número 77 da rua de Miromesnil e do número 13 da rua de Lisbonne, a fim de mandar erguer um prédio luxuoso, em que a família iria morar a partir desse ano.

A mansão ficava no oitavo bairro, o distrito financeiro, ocupado pela alta burguesia, os magistrados, os banqueiros, os especuladores, que se cruzavam na rua, trocando saudações com os chapéus altos e partilhando entre si as últimas notícias da bolsa de valores. Quase diariamente, novos negócios emergiam das nuvens de caliça que as obras levantavam, numa espécie de passe de mágica. Livrarias, lojas de decoração, ateliês de modistas, cafés elegantes, confeitarias expondo nas suas vitrinas embrulhinhos primorosos de chocolates e de macarons. Céleste continuava a acompanhar a criada nas compras ao mercado. Gostava de cheirar a manteiga, para se assegurar da sua frescura, de sopesar as maçãs, para testar a densidade da polpa. «Não precisas de fazer isso, minha querida», dizia-lhe Martial, que preferia que ela se abastecesse nas mercearias requintadas.

O prédio tinha um pátio pavimentado e duas entradas para carruagens. Pelos quatro andares, distribuíam-se um jardim de inverno, seis quartos, dois salões, uma sala de jantar, um escritório, uma biblioteca, uma galeria e uma sala de bilhares. No terreno que restava, Martial mandou construir um prédio de apartamentos, que arrendou a gente de negócios. A mansão dos Caillebotte era ao mesmo tempo a primeira casa da família em Paris e a expressão da bem-sucedida carreira do seu proprietário.

O que resta, hoje, da passagem dos Caillebotte pela rua de Miromesnil é uma pequena placa de pedra colocada junto à porta do número 77: *Gustave Caillebotte (1848-1894), mecenas dos impressionistas e artista-pintor, viveu aqui.* A Autora passou por lá em algumas ocasiões. De todas, a confusão do trânsito e dos transeuntes tornavam impossível parar no passeio. Mas, numa tarde abafada de agosto em que achou a rua especialmente sossegada, pôde demorar-se diante dessa entrada. Recuou um pouco, atravessou para o outro lado da rua, espreitou. No primeiro andar, através da janela entreaberta, vislumbrava-se o movimento fino de uma cortina agitada pela brisa. E essa ocorrência trivial foi, para a Autora, como um discreto aceno vindo da dimensão onde os mortos existem sem idade, à espera de que os vivos os encontrem, sem surpresa nem assombração.

O inverno rigoroso de 1868 não se fazia sentir no salão da mansão de Miromesnil, acalentado pela espessura dos tapetes e pelo aquecimento central. Mas, através das vidraças, os rapazes Caillebotte observavam o granizo e a neve que cobriram as ruas até ao início da primavera, dificultando a preparação da nova Exposição Universal, com a qual Napoleão III pretendia celebrar a prosperidade do Segundo Império, escondendo a verdadeira situação económica da França. Dez dias antes da inauguração, chuvas torrenciais e um mar de lama alagaram os terrenos da obra, mas os trabalhos prosseguiram, e a exposição abriu na data prevista, a 1 de abril.

Desta vez, a exposição já não ocupava só um palácio, tornando-se quase uma cidade cosmopolita, criada, por um tempo limitado, dentro de Paris. No Champ de Mars, onde antes o exército fazia exercícios, fora erguido um edifício todo em ferro, tijolo e metal, com o aspeto de um coliseu gigantesco. A toda a extensão do parque, tinham sido abertas avenidas, lagos, rios artificiais, pavilhões. Uma tarde, Martial e os filhos juntaram-se aos trinta milhões de visitantes, entre os quais se incluíram todas as cabeças coroadas da Europa, o vice-rei do Egito e o irmão do imperador do Japão.

Atravessaram a muito comentada estrutura elítica em vidro erguida na recente praça de l'Alma, com quase quinhentos metros de comprimento, assente numa filigrana em ferro forjado. Ladeando esta construção arrojada, estendiam-se fileiras de quiosques e tendas, onde os clientes eram atendidos por rapazes e raparigas sorridentes, vestidos com trajes nacionais. Martial *Fils* era ainda uma criança. René era o mais bonito dos irmãos e, com quinze anos, já se olhava muito ao espelho, para contemplar, sob os olhos brilhantes e o nariz perfeito, uma sombra de bigode de que se orgulhava muito. Mas talvez fosse Gustave o mais interessante, no seu jeito reservado e impetuoso, o olhar concentrado, mas, a todo o momento, capaz de sobressalto. Pelo caudal do Sena deslizavam os recentes barcos de passeio, os *bateaux mouches*, com capacidade para transportarem cento e cinquenta passageiros de uma só vez. No pavilhão central, os países líderes da revolução industrial exibiam as suas novidades: maquinaria da Inglaterra, porcelana chinesa, caxemira do Nepal, quimonos de seda do Japão, que as damas elegantes compravam, por excentricidade, enquanto os maridos, por impulso idêntico, escolhiam sabres e *kakemonos*. Os americanos apresentavam uma invenção notável para o conforto doméstico, a cadeira de baloiço. A França exibia as mercadorias luxuosas à venda nos seus grandes armazéns. Pequenas tabuletas indicavam a proveniência e a composição dos artigos. Não diziam, porém, que, para que as maravilhas da era moderna estivessem disponíveis, os pedreiros morriam caindo dos andaimes, as fiandeiras ficavam sem dedos porque as máquinas eram mais rápidas do que elas e os operários de Belleville, que ainda viviam em barracas, passavam dezasseis horas por dia encovados em oficinas sombrias.

Reduzido a metade da sua extensão original, por força da construção de imóveis nas avenidas circundantes, o Champ de Mars é hoje um local pejado de turistas, onde por vezes se realizam concertos ou exposições, mas que é sobretudo utilizado como acesso à Torre Eiffel. Pelo caminho, os visitantes fotografam-se, fazem uma pequena pausa para engolirem uma sanduíche ou apertarem os atacadores dos ténis. Também a Autora se sentou um dia num recanto da balaustrada, imaginando-se um ponto minúsculo avistado do cimo da Torre, do arranha-céus de Montparnasse ou do zimbório do Sacré-Coeur. Contente por se sentir anónima entre a massa de gente de todas as raças e nacionalidades, também ela se submeteu à morosidade da fila, à revista dos sacos, ao aperto dos elevadores, ao ambiente de suor, embaraço e leve suspeita mútua que lhe parece ser sempre o das grandes concentrações de gente na época em que lhe calhou viver. Chegada ao topo da Torre, também ela se acercou da parede de vidro, ligeiramente embaciada pelo dia húmido e desgastada pela erosão. Os pontos minúsculos, lá em baixo, eram agora os vultos de outros como ela.

Na época de Martial e dos filhos, a grande atração tecnológica era o balão de dois andares, chamado O Gigante, voando a trinta metros do chão, no qual Nadar, o célebre fotógrafo, proporcionava a pequenos grupos de visitantes vistas panorâmicas sobre a zona. Martial e o filho mais novo não subiram, mas Gustave e René quiseram experimentar. E a Autora, com um sorriso que o senhor asiático ao seu lado, assestando a objetiva contra os telhados da capital, já não verá, lembra-se de Gustave, equilibrado no cesto de um balão suspenso sobre Paris, fascinado com a perspetiva distante da sua realidade. Durante a visita à Exposição Universal, o rapaz adquiriu uma porção de estampas japonesas, seduzido pela bidimensionalidade dos contornos, as composições cortadas, as perspetivas ousadas, os assuntos triviais.

Na rua de Miromesnil moravam muitos burgueses notáveis. Havia velhos amigos, como os Rouart; havia os Proust, cujo chefe de família, médido e higienista, se destacava no estudo das afeções pulmonares. Havia jovens compositores, como Georges Bizet e Gabriel Fauré. Todos eles mantinham vidas sociais risonhas e abriam regularmente os salões a convidados ricos e famosos. Em noites amenas, escorriam das portadas abertas dessas casas acordes de piano e gorjeios de risos, que chegavam até aos ouvidos dos Caillebote. Mas estes não tomavam parte nesse universo. Discretos, ciosos da forma como tinham feito fortuna, permaneciam quase sempre em família, fechados no seu prédio. Gustave e o pai jogavam às cartas sobre uma mesinha de feltro verde. René, cujo passatempo dentro de casa era a leitura, declamava poemas; os sonetos clássicos de Ronsard, preferidos do pai, as baladas de Lamartine, que a mãe apreciava, os modernos, que eram os seus favoritos. Recebiam pouco. Cada um tinha o seu lugar habitual, o seu sofá favorito.

Toda a família era um pouco rígida, severa, sem grande sentido de humor. Só Gustave e René destoavam, este pela sua irreverência, aquele por uma conduta por vezes intempestiva, que o levava a interromper o irmão quando recitava. «Já chega, mano, já chega. Só os papagaios é que aprendem assim de cor...» Mas, com as mulheres, a timidez suplantava a ousadia. Ocasionalmente, alguma visita jovem entrava-lhes em casa. Uma prima, uma amiga da mãe. René desfazia-se em galanteios. Sabia conversar, modular os sorrisos, citar um verso apropriado. Aprendera-o com os livros ou já nascera assim?, perguntava-se Gustave que, apesar de mais velho, não era capaz de abrir a boca. Temia as mulheres, a parafernália de adereços e luvas e leques com que pareciam escudar-se e mostrar-se tudo menos como eram, e por isso receava falar com elas, sujeitar-se aos seus remoques, à sua ironia, ao seu espírito. Até Léah, a criadita que servia à mesa e que parecia corar sempre que a fitavam, o intimidava. E assim se fazia um homem silencioso, sempre metido numa expressão que muitos consideravam fria, mas era apenas enigmática.

Também Helena possuía essa espécie de encanto estranho e distraído, que nela confinava com a iminência da loucura. «Luto patológico», repetira ela, da primeira vez que se encontrara com a Autora. E esta, muitos dias depois, ainda sentia dentro de si o efeito dessas palavras.

5

Dos quatro filhos de Martial Caillebotte, aquele cujo destino parecia mais incerto era René, que terminara o colégio sem dar mostras de saber o que fazer do seu futuro, trazendo uma coleção de reprimendas e gastando o tempo que agora lhe sobrava em leituras desencontradas e relações equívocas. Lia bastante e dizia que escrevia poesia, e às vezes viam-no rabiscar em cadernos, mas a ninguém era dado ler o produto dessa atividade. Martial *Fils* ainda estudava no colégio, onde, bom aluno em todas as disciplinas e com um comportamento exemplar, revelava um talento fora do comum para o piano e o solfejo. O primogénito, Alfred, prosseguia a carreira eclesiástica. Fora vigário na igreja de Saint-Jean-Baptiste de Belleville e era agora segundo vigário na de Saint-Antoine.

Gustave frequentava o curso de direito, seguindo a trajetória previsível dos filhos de boas famílias. Continuava a pintar, demonstrando uma firmeza de traço a que não seriam alheios os bons resultados em matemática e desenho obtidos no colégio. Em certas ocasiões, sentia-se cheio de talento. Noutras, duvidava da sua vocação. Há vários retratos seus datados desta época. Alguns encontram-se em livros de arte e catálogos; outros são mais raros. Um deles revela a faceta do rapaz bem-humorado que se levava pouco a sério. Por ocasião do Carnaval, para um baile de máscaras em casa dos Rouart, Gustave mascarou-se de mulher. Rapou o jovem bigode; colocou postiços no cabelo; espartilhou-se num vestido de Céleste. Os braços musculados, afeitos ao remo e aos jogos de boxe, quase esgarçavam a costura das mangas. Os irmãos riam à gargalhada. «Temos de te levar ao fotógrafo!», exclamava René, radiante no seu fato de dominó. Entre o riso e o embaraço, Gustave não se opôs e, apesar dos protestos pouco convictos da mãe e do meio-sorriso displicente do pai, deixou-se arrastar para o estúdio.

Também fora Helena a revelar à Autora esse retrato. Pousara-o sobre o tampo da mesa do café, logo da primeira vez em que se tinham encontrado. O retrato de Gustave mascarado de mulher mostra-o já sério. A expressão é rígida, o olhar, um pouco alheado. As mãos, os ombros, os maxilares, denunciam a sua masculinidade. Dir-se-ia que a vontade de brincar já terminara. «Era usual, naquela época», sublinhara Helena, «os homens mascararem-se de mulheres. Não significava nada em termos de orientação sexual».

A Autora concordara. Nesse instante, não pensava propriamente no gesto de Gustave, mas na razão por que contemplava retratos, por que alguns a subjugavam, por que alguns lhe pareciam pessoas vivas, e tudo isso desde pequena. Por exemplo, para a mãe, as tias, a própria avó, a figura a sépia da trisavó posando ao lado do trisavô e segurando pelos bracinhos um dos seus numerosos descendentes era a imagem obsoleta de uma personagem ridícula no seu vestido comprido, afastada, dir-se-ia, não apenas das suas existências, mas da própria noção de existência. Para a Autora menina, a mesma figura era uma presença, alguém em cujo rosto via parecenças com o seu, e dali a imaginar-lhe o riso, o jeito de puxar os punhos da camisa, buscando ocultar as palmas das mãos sempre ligeiramente húmidas, o modo como mordia os pêssegos, era um instante. E tinha de se calar, porque há coisas que uma criança não deve impor aos adultos. Como explicar-lhes que podemos sentir-nos intimamente ligados a alguém que nunca conhecemos?

Passou pela ideia de Martial tentar interessar Gustave pelos empreendimentos familiares. Mandou instalar no escritório uma mesa ao lado da sua e, a pretexto de usar os conhecimentos legais do filho, pô-lo a copiar documentos, a classificar contratos, a verificar escrituras. Gustave desempenhava-se bem das tarefas, era inteligente e aplicado, tinha uma capacidade de organização pouco comum num jovem da sua idade e via-se que dominava corretamente as leis, mas depressa Martial se apercebeu de que lhe faltavam o gosto pelos detalhes e a apetência pelo lucro que denunciam o jeito para os negócios. Não comunicou ao filho os seus pensamentos, mas, pragmático como era, começou a aceitar desde esse momento que o destino de Gustave não era fazer carreira no mundo do capital.

Nessa época, ainda era de uso nas famílias burguesas os pais oporem-se à vocação artística que os jovens sentiam ou acreditavam sentir. Como escrevia, com ironia, um crítico de arte, uma certa oposição familiar, ou mesmo uma rutura formal por parte dos progenitores (relativamente à qual, diga-se de passagem, o eventual sucesso futuro do pintor constituía um paliativo infalível), não deixavam de constituir uma defesa excelente contra a multiplicação excessiva de artistas inúteis e pouco talentosos e, ao mesmo tempo, um poderoso estímulo para os talentos verdadeiros.

A fortuna de Martial era tão grande que havia poucas razões financeiras para que qualquer dos filhos se visse forçado a seguir carreira nos negócios, embora a Autora se tenha perguntado algumas vezes o que teria acontecido caso, em 1865, La Société des Lits Militaires tivesse obtido a renovação do contrato com o governo. Não tendo isso acontecido, nem ao austero Martial nem à previdente Céleste ocorreu colocar obstáculos às inclinações dos três filhos. Numa família que prezava a discrição, no seio da qual o primogénito se abalançava a uma séria carreira eclesiástica, qualquer forma de arte constituiria sempre, em todo o caso, uma ocupação algo vã, uma espécie de luxo permitido, que o casal Caillebotte estava disposto a custear. Gustave, que já possuía um pequeno ateliê em Yerres, usava uma das divisões no último andar do prédio da família em Paris, junto aos aposentos do pessoal, para pintar, recebendo dos pais, dos irmãos, dos amigos, um encorajamento discreto mas simpático.

A poucos dias de completar vinte anos, o jovem bacharel Gustave Caillebotte foi chamado ao recenseamento militar. A lei determinava, então, o alistamento por sorteio. Gustave não teve sorte, tirando o número que o obrigava a sete anos de serviço militar, intervalados por seis meses de licença. Mas o pai Martial previra essa possibilidade. O sistema autorizava a substituição dos sorteados, o que fazia com que os ricos pudessem contratar um substituto para escapar ao serviço, determinando que, na prática, a profissão de armas fosse exercida quase exclusivamente por gente pobre, filhos de operários e de camponeses, que, ou não tinham como se livrar do sorteio, ou arriscavam deliberadamente a vida a troco de uns cobres. As agências de substituição eram numerosas, e, por uns escassos mil francos, Martial comprou um homem para substituir o filho.

Gustave não se sentia entusiasmado com a continuação dos estudos de Direito, mas a perspetiva da vida militar aborrecia-o ainda mais, como uma espécie de prolongamento absurdo e violento das piores lembranças do internato. A promiscuidade das casernas, as grosserias, as caminhadas forçadas, escandidas ao ritmo das cantilenas, a obediência cega a superiores cujas altas patentes não garantiam uma superioridade moral ou intelectual, a ausência de tempo ou de liberdade para pensar, quanto mais para pintar. Não ignorava, porém, a parte de hipocrisia que a sua posição escondia; odiava as guerras, sim, mas vivia da fortuna que o pai fizera através de uma empresa que fornecia o exército. Envergonhava-o saber que outro no seu lugar se submetia àquilo a que ele se esquivara. Durante algum tempo, pensou em descobrir mais sobre o pobre coitado que o substituíra, mas não ousava inquirir Martial. Quem seria o rapaz? De que cor teria os olhos? Amaria alguém? Sem saber porquê, lembrava-se dos irmãozinhos que tivera e que haviam morrido antes de ele nascer. E, enquanto rabiscava na imaginação o desenho de um vulto jovem como o dele, cujas feições variavam conforme o dia e a disposição, Gustave pensava nesse rapaz como uma espécie de duplo.

Não havia muito que a imperatriz Maria Eugénia, em substituição do marido doente, inaugurara o canal de Suez, o maior empreendimento do século. Ainda bela, a antiga condessa de Montijo sorrira, triunfante, diante dos representantes de todas as nações civilizadas, apresentando-se como uma espécie de soberana dos dois mundos. Mas o velho Martial, com a sabedoria de quem nascera com o século e já atravessara muitos regimes, levantava os olhos dos jornais que descreviam os esplendores da cerimónia e comentava com a família: «É o canto do cisne.»

De facto, a 19 de julho de 1870, a França declarava guerra à Prússia. Nessa altura, Gustave, já licenciado, não escapou a receber a convocatória para a Guarda Nacional Móvel do Sena, mobilizada para alistar todos os que antes tinham escapado ao serviço militar através de procedimentos como os que Martial empregara. Experimentando um misto de receio e alívio, Gustave pensou pela primeira vez na possibilidade de morrer ou ficar gravemente ferido. Era um aperto no peito, profundo, sem susto, mas cheio de amargura. Até então, pensara sempre na morte como numa dívida distante; um pensamento que se tornava mais premente nos dias dos aniversários de morte dos irmãos e das madrastas que não conhecera, quando os Caillebotte assistiam juntos à missa e visitavam o mausoléu de família no cemitério do Père Lachaise, mas que logo desaparecia entre as rotinas dos dias normais.

Cerca de um século e meio depois, também a Autora deste livro recebeu nas mãos o peso de um documento que convocava a sua mortalidade. Em rigor, não era um documento, mas um pequeno conjunto de películas e papéis. Falavam todos dela; não dela toda, de partes, e não dela apenas, de algo mais que se instalara no seu corpo. Falavam dela de modo documentado e científico, detalhado e rigoroso, como nunca ninguém falara antes. E exprimiam tudo de forma inquestionável. Fora há anos, muitos, poucos. Gustave surgira depois na sua vida, bem como a vontade de escrever sobre ele, e ele crescera nela, outra forma de cancro, este procurado, alastrando e ocupando toda a quota parte de vida disponível, a que escapava à rotina dos dias, dos cuidados, das obrigações. A doença de que Helena sofria dispersava-a, aniquilava-a, rasgando-a e dilacerando-a entre ausências e memórias dolorosas. A doença da Autora tentara concentrá-la, aprisioná-la, resumi-la num buraco tenebroso dentro de si mesma. Agora estava curada. Talvez um dia voltasse a ficar doente. Pouco importava. A partir do momento em que adoecera, soubera-se mortal, e talvez fosse isso que a prendia à vida.

No universo dos amigos à distância, o tempo não se mede nem se alinha num calendário. Por isso, no mesmo dia em que a Autora deste livro descobriu que tinha uma doença que talvez a matasse, Gustave soube que iria à guerra e deixou de desenhar mentalmente o perfil do seu duplo.

Depressa se percebeu a força do exército da Prússia. Derrotado em Sedan, Napoelão III assinou a capitulação da França, sendo deposto e enviado para o exílio. Em Paris, onde os primeiros dias de outono se apresentavam invulgarmente quentes e luminosos, a notícia da partida do imperador e da proclamação oficial da República foi acolhida com uma alegria expansiva, que se manifestava em felicitações mútuas, nos dichotes trocados entre vizinhos e desconhecidos, nas cantilenas eufóricas dos batalhões. Ninguém duvidava de que seria o fim da guerra e o início de uma nova vida para a nação. Os companheiros de Gustave já não temiam o avanço das tropas prussianas, que, certamente, depois da queda do imperador, teriam desistido de esmagar a França. Gustave não deixava de sorrir com os outros, a barba crescida sobre as faces tisnadas, mas pensava que os soldados prussianos talvez apenas repousassem do esforço da vitória e continuassem a marcha em direção a Paris, loiros, vagarosos, cheios de soberba.

Não tardou a que todos percebessem que tinham de prosseguir as fortificações e os aprovisionamentos. Então, as ruas da capital encheram-se de militares, franco-atiradores, artilheiros, cavaleiros, membros da Guarda Nacional. A polícia ordenou o encerramento dos teatros. Os museus arrastaram os seus tesouros para o subsolo. As bibliotecas blindaram os tetos e calafetaram as janelas. Mas o verdadeiro sinal da iminência do cerco foi a chegada dos pobres habitantes dos arredores de Paris, avançando pelas ruas largas da nova capital nas suas carroças trôpegas, carregadas com os restos de uma existência miserável: umas quantas cadeiras coxas, umas louças esbotenadas, meia dúzia de utensílios de cozinha chocalhando lugubremente, e, amontoados sobre um colchão, um bando de filhos, de cara suja e olhar assustado.

Na manhã do dia 19 de setembro, os habitantes de Paris que abriam os jornais podiam ler o seguinte: *As últimas linhas férreas que ligavam Paris à França e à Europa foram cortadas ontem à noite. Paris está entregue a si própria. Já só pode contar com os seus recursos pessoais e a sua própria coragem. A Europa, que recebeu desta cidade tantas luzes, e que nunca encarou a sua glória sem uma inveja secreta, abandona-a.* As tropas prussianas tinham cercado a cidade.

Foi graças às informações coligidas por Helena que a Autora deste romance percebeu o quanto a guerra perturbara os projetos dos Caillebotte. Interrompera as obras entre a rua de Alsace e a nova rua des Deux-Gares, rasgada sobre os terrenos onde operara a antiga empresa e onde Martial e alguns dos antigos sócios estavam a construir um lote de prédios para serem arrendados a artesãos remediados, donos de lojas e outros indivíduos da classe média em ascensão. Obrigara a família a afastar-se da capital e a refugiar-se na propriedade de Yerres, que, mesmo assim, seria requisitada pelo exército e sofreria, aqui e além, os impactos do combate. Por fim, a guerra chamara Gustave.

O jovem Caillebotte tomou parte ativa na rotina triste da capital sitiada. Levantar abrigos, construir casamatas, cavar trincheiras, erguer barricadas, conduzir carretas. Por vezes, estranhava não sentir dentro de si nenhum estrépito de pavor. Era a exaustão física que o impedia de ter medo. Compreendendo isso, ele próprio se oferecia para as missões. Gostavam dele porque era calado, ágil e, apesar da sua estatura mediana, muito forte.

As estações de caminhos de ferro encheram-se de provisões: sacos de farinha, caixotes de legumes secos, barris de carnes fumadas. Receou-se que o exército invasor tomasse os aquedutos, e viesse a faltar a água. O arquiteto Garnier, que, antes da guerra, se preparava para derrubar os tapumes e revelar o novo edifício da Ópera, lembrou-se de que as fundações do edifício tinham sido erguidas sobre um lençol de água que descia desde a colina de Montmartre, mandou furar a camada de betão sobre a qual repousavam as fundações e fez brotar um jorro de água cristalina.

A angústia dos bombardeamentos, que se supunham iminentes, arrastou-se por mais de um mês. Entretanto, a carne, o óleo, a manteiga, subiam exorbitantemente de preço. Um pedaço de queijo tornava-se uma raridade. Sem suprimentos do interior do país, os parisienses sobreviviam alimentando-se da carne de cães, de gatos e até de animais do jardim zoológico. As árvores da alameda dos Campos Elísios e dos parques foram cortadas e queimadas nos fogões.

Nos primeiros dias de janeiro de 1871, os exércitos prussianos começaram a bombardear a cidade. Os obuses cruzavam-se no ar, acendendo rastilhos de luz, e rebentavam na terra endurecida pelo gelo, num barulho ensurdecedor. Na madrugada de 28, uma autêntica tromba de ferro e fogo abateu-se sobre a capital. A chuva contínua de projéteis derrubava homens e cavalos, rasgados por feridas horríveis. Gritos, o barulho das explosões e o rumor silencioso da neve, que não parava de cair, envolviam esta cena de desolação. Paris rendeu-se nesse mesmo dia. Os combates cessaram.

O cerco de quatro meses devastara a capital. Milhares de pessoas tinham morrido. Saindo da caserna para espreitar o prédio da família na rua de Miromesnil ou para se assegurar da segurança de Alfred na igreja de Saint-Germain de Charonne, Gustave contornava artérias destruídas, edifícios reduzidos a cinzas, miseráveis que remexiam os escombros em busca de comida, soldados feridos que arrastavam os membros despedaçados, gemendo e pedindo ajuda. Alfred, pálido, exausto, porque também ele passava os dias a percorrer as trincheiras, tentando confortar os infelizes, apertava-lhe a mão em silêncio. Estavam os dois juntos quando se soube que a França capitulara.

Mas os horrores da guerra não tinham terminado. À humilhação da rendição e do armistício, os soldados pobres e os operários responderam erguendo uma bandeira vermelha que simbolizava o nascimento da Comuna e assassinando todos os que lhes pareciam ter compactuado com a derrota da França e as pobres condições de vida dos trabalhadores: os militares de alta patente, os membros mais influentes do clero, em suma, os ricos e os poderosos. Estrondo dos canhões. Gritos de ordem. Sangue e cadáveres nos pátios dos quartéis, no adro das igrejas, entre os túmulos dos cemitérios, pelo chão das ruas... As ordens que Gustave e os companheiros receberam foram as de reprimir a insurreição popular. Durante a semana em que as tropas de Versalhes, afetas ao governo, invadiram as ruas de Paris, fuzilando indiscriminadamente todos os indivíduos suspeitos de estarem envolvidos na revolta, Gustave, cuja força e destreza, aliadas à falta de pontaria, faziam com que lhe fossem geralmente atribuídas as tarefas de transportar munições, conseguiu esquivar-se a disparar sobre esses homens, que eram franceses como ele. Mas continuou a ouvir o estrondo dos tiros, os gritos, e a ver diante de si o sangue e os cadáveres, tantos, tantos, que o rumor que corria era o de que, a dada altura, só o receio das epidemias impedira as tropas leais ao governo de prosseguir as execuções. Enquanto ele e os companheiros escavavam as valas comuns que iriam acolher os corpos dos revoltosos, que outros acomodavam em estreitas caixas de madeira, Gustave pensava no caudal do rio Yerres, límpido, estreito, correndo tranquilamente entre o gorjeio dos pássaros e o rumor da brisa soprando entre as folhas.

No início de 1872, Paris começava devagarinho a recuperar da devastação da guerra franco-prussiana e dos efeitos da repressão sangrenta do regime popular da Comuna. Em Montmartre, a alvorada da República era assinalada pela construção de uma catedral erigida com fundos de uma subscrição pública. Longe dos extremismos de esquerda, cujas figuras de vulto haviam sido eficazmente executadas ou encarceradas, a nova República encarregava-se de manter à distância as tropas estrangeiras e sustentar o erário público à custa de empréstimos externos. O velho Martial Caillebotte congratulou-se por, há mais de cinco anos, não ter quaisquer ligações ao exército e não possuir, no momento, nenhum negócio suscetível de falir. Alguns negócios floresciam, como o do costureiro Charles Worth, que revolucionava a moda, abolindo as crinolinas e as suas estruturas rígidas e introduzindo novas linhas esbeltas, cingidas à cintura e às ancas, que valorizavam a silhueta feminina e arrancavam aos rapazes como René assobiadas exclamações de apreço.

Oh, mas a renovação de Paris empreendida por Haussmann, que caíra juntamente com o regime imperial, já era, independentemente do regime que sobreviesse, imparável... Uma das últimas iniciativas do barão, preocupado até ao fim com o desenvolvimento urbano, fora a ligação do bairro de Montmartre à parte ocidental da cidade. Só havia uma forma de o fazer, tinham concluído os engenheiros, e essa consistia em prolongar o bulevar de Clichy através de um viaduto que atravessasse o cemitério do Norte. Nos pontos onde assentassem os pilares do viaduto, e mesmo na zona recoberta por mais essa obra de arte da engenharia moderna, seria necessário transferir as sepulturas. A prefeitura tomou a seu cargo as despesas de recuperação dos monumentos fúnebres, de trasladação dos corpos e dos serviços religiosos adjacentes. A maioria das famílias aceitou as condições, parecendo-lhes natural que os cadáveres dos seus entes queridos se arredassem diante do progresso, e as transferências das sepulturas foram operadas em condições exemplares. E, embora algumas vozes se tivessem manifestado contra a proposta, alegando a profanação dos restos mortais, tudo se fez conforme Haussmann pretendia, para bem do desenvolvimento da cidade. Fora há mais de um ano, pensava Gustave, pensando também que, a essa hora, o barão já não governava e que havia a possibilidade de os planos dos homens serem muitas vezes falíveis, outras tantas inúteis.

Gustave não recebeu qualquer ferimento durante os combates, mas o testemunho das atrocidades ocorridas durante e depois do cerco afastou definitivamente do seu espírito qualquer resquício de vontade de se envolver nas questões públicas ou até nas transações do pai. Via o seu amigo de Yerres, Maurice Brault, encaminhar-se para o negócio da compra e venda de propriedades. Outros companheiros de infância e juventude escolhiam carreiras na alta finança ou em profissões nobres. A ele, só a arte lhe parecia justificar a existência, colmatar uma espécie de timidez que nada tinha de misantropia. Quanto, pouco tempo depois da desmobilização e do fim dos combates, falou ao pai na possibilidade de vir a estudar na Academia de Belas Artes, o velho não se opôs.

Gustave começou, então, a frequentar o ateliê de Léon Bonnat, um pintor de formação clássica, ainda jovem, mas já relativamente célebre pelos seus quadros de figuras exóticas, cenas históricas e episódios bíblicos. À aprovação de Martial não terão sido alheias nem as boas informações sobre Bonnat obtidas junto dos amigos, nem uma certa tela de *A Ressurreição de Lázaro*, reveladora da boa índole do artista. Bonnat era amigo de longa data de Edgar Degas, um rapaz algo sorumbático, primo de um primo dos Caillebotte, com quem Gustave já se cruzara. O facto de Gustave escolher como mestre um pintor respeitável, afastado dos extremismos de Manet e do grupo de aspirantes a pintores que o cercavam e começavam a dar nas vistas, nem sempre pelos melhores motivos, assegurava a Martial que o filho estava ao mesmo tempo determinado na sua vocação e atento à reputação da família.

Ao apertar pela primeira vez a mão a Léon Bonnat, Gustave simpatizou imediatamente com o futuro mestre, perturbando-se mesmo um pouco com a beleza misteriosa e serena que emanava dos seus gestos, dos seus olhos castanhos, do desenho voluntarioso das sobrancelhas. Depressa notou a diplomacia com que Bonnat, embora fizesse parte do júri do Salão, defendia e apreciava as obras dos novos pintores rebeldes, sem que nessa aparente duplicidade se notasse alguma hipocrisia, antes a posição um tanto cândida, mas genuína, de quem, amando sinceramente a arte, entendia que ela podia assumir muitas expressões.

Poucos exemplos restam destes anos de aprendizagem de Gustave, explicara Helena à Autora deste romance. Nos catálogos de exposições e nos livros de arte que lhe emprestou a outra, a Autora revê todos os que se conhecem, notando nas suas linhas o percurso previsível do jovem forçado a comparar os seus ensaios criativos com os dos outros principiantes, com os trabalhos do mestre, com os dos artistas consagrados, ou ainda com os dos artistas que, na altura, reclamam a atenção do público. O velho presbitério de Meaux, onde a família Caillebotte conservava a quinta. Alguns aspetos do parque de Yerres, incluindo uma tela de pequeno formato recordando a presença de militares entre o arvoredo da propriedade. Pormenores da fachada do Casino. Pequenos trilhos serpenteados entre salgueiros, bétulas, carvalhos. Alguns estudos atmosféricos do céu. Uma ou outra natureza-morta de pequeno formato. Nenhuma representação das trincheiras ou das atrocidades vividas durante o cerco.

Outros quadros, porém, parecem demonstrar certas ousadias, certos laivos de originalidade, que sobressaltam a Autora, tal como certamente sobressaltaram o pintor, naquela sensação íntima que é o pressentimento do talento por parte de alguém que deseja fazer obra. Assim sucede com algumas pequenas telas que já oferecem enquadramentos bizarros, como *Paisagem entre Duas Árvores* ou *Paisagem com Caminho de Ferro*.

A Autora deste livro gosta especialmente de uma cena de interior produzida por esta altura, representando um ângulo do suposto ateliê do pintor. Suposto, porque o espaço, sombrio e acanhado, não parece corresponder a nenhuma das divisões da clara e espaçosa mansão dos Caillebotte. A salamandra encostada à parede também não faria sentido no prédio de Miromesnil, que possuía aquecimento central. Como dissera Helena, Gustave pode ter representado o ateliê de algum amigo junto de quem costumava pintar, talvez Aimé Morot ou Jean Béraud, condiscípulos no ateliê de Bonnat. Também pode ter inventado completamente esse lugar figurado em *Ateliê do Artista com Salamandra*, a fim de conferir aos objetos que o preenchem um valor, mais do que realista, simbólico. Algumas telas penduradas; outras postas no chão, voltadas contra a parede. Vasos, cântaros, estatuetas, provavelmente destinados a esboços, denotando o treino do jovem pintor. Umas quantas porcelanas e duas estampas japonesas, denunciando o interesse pela arte nipónica. Um retrato emoldurado de uma personagem de pele escura vestida com roupas coloridas próprias do Médio Oriente. Uma vassoura de giesta pousada a um canto. A salamandra, como a que Henri Rouart tinha em casa, e que se dizia ter pertencido a Delacroix.

A Autora nunca pintara. Achava mesmo que das suas mãos, um pouco desastradas, nunca viria a brotar qualquer espécie de traço belo ou plástico. Talvez por isso escrevesse como quem tentava desenhar, buscando beleza nas ideias, nas construções, na melodia das palavras. Helena, reparara a Autora aquando do encontro no café, tinha as mãos pálidas como ela, mas mais finas, mais nervosas. A Autora não sabia se ela pintava ou desenhava, como frequentemente sucedia com as pessoas que cursavam artes, e não lho perguntara daquela vez. Mas era como se dos seus dedos compridos, afilados, terminando em pequenas unhas rosadas, cortadas rente, só pudessem escorrer linhas harmoniosas. E esse pormenor físico da outra incomodava-a, como um sinal de beleza ou como a marca de um talento que a ela própria estivesse vedado.

Para chegar ao ateliê de Bonnat, Gustave costumava transpor a pé o trajeto entre o oitavo bairro, onde morava, e o sétimo, onde o mestre trabalhava, passando junto aos locais onde se encontravam as ruínas do antigo Tribunal de Contas. Durante a Comuna, as legiões tinham invadido os salões de talha pintada, os arquivos forrados de processos, a rica biblioteca dos advogados, espalhando petróleo e lançando fogo. As paredes chamuscadas, as vigas tombadas, os escombros que começavam a ganhar musgo e por onde as ratazanas passavam, gordas e indiferentes, eram sinais da destruição que, agora, um grupo de trabalhadores, conduzindo carrinhos de mão envoltos em poeira, começava a apagar.

Gustave interrompeu a caminhada e debruçou-se para espreitar. A grande névoa húmida que cobria a cidade envolvia por igual o recinto. As linhas das coisas não deixavam de ser visíveis, mas estas pareciam pequenas e recolhidas, sumidas dentro da espessura da bruma. Se o jovem pintor tivesse o pressentimento do tempo, veria que, um século e meio mais tarde, no tempo donde a Autora deste livro o espreita discretamente, esses mesmos terrenos abrigam o museu de Orsay.

6

As insónias são sempre imprevisíveis. A Autora acorda suada, de madrugada, espantada de despertar àquela hora. Levanta-se e atravessa a casa às escuras. Abre o frigorífico. Enche um copo de água gelada. Aprecia o arrepio que não sabe se escorre da bebida, dos seus pés nus sobre o soalho ou da sensação de interdito por percorrer uma casa onde os outros estão adormecidos, embora seja mulher feita e não tenha idade de dar satisfações. Já era assim em criança. Gostava de acordar e de ficar sozinha, a fitar os objetos na penumbra, vendo-os definirem-se pouco a pouco nos seus relevos. Da janela ampla da casa onde vive, vê que lá fora, na escuridão da noite, mal cortada pelos escassos candeeiros da rua, os ramos das árvores se agitam numa espécie de dança. Que fará Caillebotte a essa hora? Pensará nalguma pintura? Rabiscará um desenho? Agitar-se-á na cama, inquieto de solidão ou de desejo? E Helena? Lembrar-se-á do marido morto? Estará presa na sua amargura ou dormirá, embrutecida pelos fármacos? Pensará ela também em Gustave? «Quando é que voltamos a tomar um chá? Gosto da sua companhia, faz-me bem falar consigo», escrevera Helena no último *email*. Os ramos das árvores executam diante da Autora uma coreografia ondulante e silenciosa, porque os vidros duplos da janela resguardam o interior da casa e os seus habitantes tanto do frio como do rumor do vento. Helena escrevera-lhe, e a Autora ainda não respondera, adiando, assim, o reencontro.

Mal principiara o ano de 1872 quando os jornais deram a notícia da falência da empresa Crédit Mobilier, de Jacob e Isaac Pereire, bem conhecida de Martial. O velho parecia não acreditar que uma empresa tão sólida se tivesse afundado com tamanha rapidez. René lia que na liquidação de bancarrota, num leilão do bulevar des Italiens, tinham sido vendidos dois dos mais famosos quadros de Vermeer, *O Astrónomo* e *O Geógrafo*. «Deixa ver», pediu Gustave. Há uns anos, lera um artigo sobre a obra do pintor holandês e vira a gravura reproduzindo o quadro *Mulher com Colar de Pérolas*. Por instantes, Martial, surpreendido, pensou que Gustave estivesse interessado na notícia financeira. Claro que não. Nenhum dos seus filhos, aliás. Martial *Fils* era agora aluno do Conservatório Nacional, onde estudava piano com Marmontel e harmonia com Théodore Dubois. Gustave orientava-se cada vez mais para a pintura. René vacilava, mas inscrevera-se no curso de letras. Ultimamente, interessava-se muito pela poesia de Charles Baudelaire, um poeta que vivia no meio da multidão, mas se sentia sempre isolado, e que, à semelhança dos novos pintores, deambulava pelas ruas, procurando a essência fugitiva da modernidade.

Na primavera desse ano, Martial Caillebotte anunciou uma viagem a Nápoles, com a intenção de se assegurar dos bons investimentos que tinha na região da Campânia. René esquivou-se, mas Gustave, concentrado na preparação do seu ingresso na Academia de Belas Artes, ofereceu-se para acompanhar o pai. Queria visitar os tesouros da arte italiana e conhecer finalmente o pintor Giuseppe De Nittis, amigo íntimo de Léon Bonnat. De Nittis vivera em Paris, onde residiam muitos expatriados italianos, mas, tendo ganho alguma notoriedade ao expor no Salão, dedicava-se agora a fazer dinheiro com vistas encomendadas do Vesúvio.

Pai, filho e dois criados viajaram de comboio até Marselha, onde tomaram o paquete. Chegaram ao porto de Nápoles ao amanhecer. Os quartos da estalagem onde se instalaram, perto do palácio real e do fontanário, tinham uma vista larga sobre as casas inclinadas do bairro de S. José. Mas eram sobretudo os ruídos que impressionavam Gustave. As notas agudas dos pregões dos vendedores ambulantes, o barulho das rodas das carruagens sobre as lajes, o repicar dos sinos, os risos, os impropérios, as discussões e, em permanência, as percussões metálicas de um serralheiro que, numa loja em frente, rebatia o ferro. Era uma cidade tão diferente de Paris... Alegre, soalheira, jovial.

Martial, a quem a travessia tinha indisposto, ficou no quarto durante dois dias. Ao terceiro, pai e filho tiveram ocasião de visitar os museus que expunham os achados removidos das cidades redescobertas de Pompeia e Herculano, sepultadas durante séculos sob as cinzas do Vesúvio. No seu caderninho, Gustave reproduziu mosaicos, afrescos, estatuetas, mas também vasos em terracota, moedas, medalhas, joias, peças de toucador em marfim. Mas o que mais o impressionou, e não se atreveu a figurar, foram os corpos humanos reconstituídos em gesso, cujos relevos tinham sido petrificados sob as camadas de rochas e cinzas, denunciando a surpresa, o horror, a morte súbita.

Na segunda semana, foram acolhidos por Giuseppe De Nittis em sua casa. Recebeu-os um rapaz moreno, de barba castanha assedada, e uma rapariga loira de modos risonhos, grávida e com mais duas crianças pela mão. O jovem De Nittis, a mulher e os filhos habitavam uma vila grande, de tetos baixos e paredes claras, sem luxos nem arquiteturas pretensiosas. Um pátio forrado de trepadeiras dava acesso a um jardim relvado, ladeado por duas filas de oliveiras, a partir do qual se podia abarcar todo o Golfo de Nápoles. Gustave sentiu-se ofuscado pela claridade de ouro e azul, pelo ar quente, mal suavizado pela brisa salgada, pela extensão de água à sua frente. Depois, habituando o olhar, apreciou o mar, as encostas verdes, as ilhas luminosas e o pico arredondado do Vesúvio, de onde saíam exalações de vapor.

De Nittis era um homem caloroso e parecia contente por acolher os Caillebotte. De manhã cedo, depois do desjejum, os dois jovens procuravam uma sombra nos jardins ou no pátio e instalavam-se para pintar. Quando o sol subia e o calor se tornava opressivo, cada um recolhia à tepidez do respetivo quarto. Em colete, de mangas arregaçadas, Gustave dispunha sobre a colcha de linho as telas principiadas. As cores e os contornos, esmaecidos na meia-luz criada pelas portadas cerradas, traziam para dentro do quarto as paisagens, os cheiros, os sons da região. Mas traziam também a voz de De Nittis, serena, encorpada, colocada por cima do ombro de Gustave, muito perto do ouvido, sugerindo um traço ou um enquadramento, elogiando um detalhe. Do corredor, chegava o gemido choroso de uma criança que tardava em adormecer, e depois o murmúrio meigo de uma voz feminina e a melodia de uma canção trauteada quase em surdina. E mais os ruídos domésticos de uma casa em que havia vida, uma tosse breve, uma gaveta que se abria, uns passos ligeiros sobre o sobrado. Ao final da tarde, Gustave e Giuseppe passeavam pelas ruelas, pelas antigas imediações do castelo, pelas estradas velhas e calcinadas. Por vezes, o velho Martial acompanhava-os. Transportavam a merenda numa cesta e só ao pôr do sol regressavam a casa.

Passavam os serões no pátio, onde o jantar era servido. Gustave tinha diante dos olhos o lençol líquido e negro do golfo, sobre o qual se refletiam, como centelhas misturadas, as estrelas do céu e as lanternas dos pescadores que pescavam com tridente. Um cão preto e velho acomodava-se nas lajes, buscando o sítio mais fresco da pedra; Gustave afagava-lhe o focinho. O aroma quente das madressilvas enchia o ar. Os gorjeios das crianças, a voz cálida de De Nittis, a sua gargalhada cantarolada, grave mas sem peso, sacudiam os rumores tranquilos da noite, o barulho dos ralos, a dança discreta da folhagem. Até o velho Martial ria com gosto, muitas mais vezes e muito mais alto do que Gustave alguma vez o ouvira rir, como se o verão napolitano lhe entrasse pelos poros e o rejuvenescesse. Então, porque se sentia ele, Gustave, tão desassossegado? Havia ocasiões em que a mão casual de De Nittis pousada sobre o seu braço, um simples roçar de ombros, um olhar mais intenso ou demorado, o perturbavam.

Duas semanas depois de Gustave e Martial chegarem a Nápoles, Graziela De Nittis deu à luz um menino. Então, a casa foi invadida por uma pequena multidão de mulheres agitadas, falando muito, fervendo águas, abrindo armários, avançando depressa pelos corredores, comportando-se com a alegria e a devoção dos grandes momentos familiares. Gustave, cuja crença em Deus esmorecia cada vez mais sob os escrúpulos, lembrou-se, no entanto, dos irmãos que tinham morrido antes dele e aceitou ser padrinho da criança. Chamaram-lhe Jacques.

Dias antes do batizado, De Nittis conduziu Gustave à igreja do Pio Monte della Misericordia e mostrou-lhe a tela de Caravaggio, representando as *Sete Obras de Misericórdia.*

Um indigente, a receber de S. Martinho uma parte da sua capa de soldado. Um cadáver lívido sepultado por dois homens caridosos. Uma jovem mulher que visita um velho na cadeia e o alimenta com o leite do seu seio... Ladeando o altar-mor, havia quadros de Ribera, Giordano e outros grandes mestres, mas os olhos de Gustave afundavam-se nas cores tenebrosas, na tela carregada, na cena inquietante pintada por Caravaggio. Quando, anoitecia já, os dois jovens regressavam por um trilho deserto, o quadro ainda os perturbava. «Os estudiosos dizem que é o pai dela, o velho a quem ela dá o peito», explicou De Nittis, «mas como podem eles saber?». Gustave assentiu. «Não podem e não sabem. A possibilidade é o que torna a pintura inquietante.» Pararam e fitaram-se na claridade frouxa que anunciava a noite, os olhos presos ao rosto um do outro, ambos surpreendidos pela força inesperada que os subjugava. Obedecendo ao mesmo impulso, os corpos chocaram, abraçaram-se, e as bocas fundiram-se num beijo completo e brutal. Tão repentinamente como se juntaram, afastaram-se, sem explicações, sem desculpas, e seguiram em silêncio até casa, mais comovidos do que embaraçados, como se o que lhes ocorrera fosse a consequência de uma força inescapável.

À noite, esmagado pelo desejo, Gustave agitava-se na cama, incapaz de adormecer. Dos lençóis desprendia-se o mesmo aroma a alfazema que emanava de Giuseppe, das suas roupas, e que era uma espécie de prolongamento da sua presença. Durante os dias seguintes, Giuseppe desculpou-se com o trabalho e os cuidados com a família, e Gustave passou a percorrer sozinho as estradas de Nápoles. Pouco depois, Martial e o filho regressaram a França.

A Autora deste romance viajou pela primeira vez a Itália quando era jovem. Recorda a intensidade do verão e o modo como o seu corpo, exposto nos vestidos curtos, se sentia mais vivo debaixo do calor, como se os seus sentidos se tornassem mais agudos à medida que o sol e a temperatura os exaltavam, como se despertassem para uma sensualidade que não era apenas a do apelo do sexo, mas a da entrega completa ao prazer. Recorda o sabor da comida, o cheiro das estradas, o bulício das ruas. Recorda o enleio do seu espírito diante do esplendor da paisagem, da maravilhosa luminosidade da região, das obras de arte escondidas em cada igreja, em cada praça, em cada recanto. Recordando a rapariga que foi, não tem dúvidas de que algo de muito profundo deve ter marcado o espírito de Gustave Caillebotte durante a viagem a Itália. É certo que, como assinalara Helena, o jovem pintor já decidira abandonar os estudos de direito. Mesmo assim, é de supor que o contacto com os grandes mestres, o percurso através das regiões ensolaradas, os olhos abertos sobre as colorações vibrantes das terras napolitanas, e o rosto de Giuseppe, o riso de Giuseppe, a força do beijo, tenham despertado nele o desejo intenso de pintar. Mais profundamente, a beleza, a vivacidade, o devaneio das impressões colhidas, hão de ter resultado numa impressão de volúpia, de renovação das forças físicas, de bem-estar, de capacidade de encarar a realidade como se nunca a tivéssemos visto e de justificação da existência, que é costume reunir sob a expressão sintética, ainda que muito imperfeita, de amor pela arte.

Gustave regressou a Paris com a pele queimada pelo sol, a certeza de que a sua vida haveria de ser orientada para a pintura e a vontade firme de trabalhar muito nesse sentido. «Que bonito que estás, meu filho!», exclamava Céleste. O riso de René e o sorriso silencioso de Martial *Fils* confirmavam-no.

A lembrança de Giuseppe interpunha-se muitas vezes nos desígnios de Gustave, submetendo-lhe o corpo em impulsos violentos e inesperados, que o distraíam do que estivesse a fazer e lhe suspendiam as frases num silêncio embaraçoso. Por todos os motivos, sabia que era forçoso reprimi-los.

Em fevereiro de 1873, realizou os exames de admissão à Academia de Belas Artes, demonstrando as suas competências básicas de esquisso, e, no mês seguinte, foi aceite na velha instituição. Receberam-no professores tão respeitáveis e intimidantes como Jean-Léon Gérôme ou Alexandre Cabanel. O edifício, situado na rua Bonaparte, no coração do bairro de Saint Germain-des-Près, era um aglomerado de ateliês construídos em volta de uma série de pátios e claustros, unidos por longos corredores e ornamentados com frisos nas paredes e estátuas. No teto do átrio, intrincadamente decorado em tons de dourado e terracota, estavam inscritos os nomes dos grandes clássicos. Habituado ao rigor do internato e a moderar a timidez com a extrema compostura dos gestos, Gustave lidou bem com o peso do ensino tradicional. As sessões em que os alunos eram chamados a copiar as pinturas dos mestres antigos, Holbein, Dürer, Rembrandt, Velásquez, eram constantes e intermináveis. Mas, ao contrário dos que ficavam acanhados diante da maestria dos antigos e facilmente duvidavam das suas capacidades, para Gustave era como se aquele consórcio de talentos se reunisse, não para o demover, mas para o encorajar. Pintava porque queria, porque desde a viagem a Itália se sentia invencível, porque pintar era o modo de prolongar o beijo de Giuseppe num gesto largo estendido a todos, sem compromissos, sem a timidez habitual, como alguém que reclama a compreensão e o amor do mundo. Sorria, ou pelo menos é o que a Autora imagina, talvez porque também ela tivesse sorrido na ocasião.

Nesses anos em que frequentou a Academia de Belas Artes, Gustave desenhou paisagens, fez esboços a partir de esculturas, representou figuras humanas. Algumas vezes, retratos de indivíduos do seu círculo próximo; outras, perfis de homens e mulheres recrutados entre aqueles que, às segundas de manhã, faziam fila na rua Bonaparte, junto ao edifício da escola, oferecendo-se para posar. A escola de medicina emprestava cadáveres para os estudos anatómicos. Mas, uma tarde, um pequeno grupo de alunos, buscando emoções menos monótonas, decidiu ir espreitar os cadáveres na morgue.

A morgue era um pequeno monumento semelhante a um túmulo grego, junto do cais do Marché Neuf. A sala de exposição estava separada do vestíbulo por uma parede de vidro. Duas filas de mesas de mármore negro, ligeiramente inclinadas na direção da vidraça, eram ocupadas pelos cadáveres, completamente nus, à exceção de um quadrado de cobre que lhes escondia os sexos. Na extremidade de cada mesa, uma espécie de almofada quadrada soerguia as cabeças dos mortos, tornando-os mais facilmente reconhecíveis para os visitantes. Na fila de trás, era costume deitar os corpos dos afogados; era aí que uma pequena torneira em forma de regador, instalada na parede, deixava cair sobre os cadáveres um jorro contínuo de água fresca, destinado a atrasar o processo de decomposição. A todo o comprimento da sala, uma barra de ferro com cabides sustinha as roupas dos desgraçados, pois também elas ajudavam à sua identificação. Do lado do público, os visitantes apoiavam-se numa balaustrada de madeira e espreitavam. Os homens detalhavam com volúpia os cadáveres femininos, por vezes belos, por vezes jovens. As mulheres enrubesciam ao avistar os corpos masculinos, desviavam o rosto e voltavam a olhar, num impulso irreprimível, para os braços, as coxas, o volume dos ventres.

Gustave reparou primeiro no cadáver arroxeado de um jovem. A camisa e as calças penduradas ao seu lado, cinzentas e grosseiras, denunciavam a condição do prisioneiro condenado que conseguira, sabe Deus como, iludir a vigilância dos guardas e escapar à ação mecânica da guilhotina, provavelmente para ser esfaqueado, mais adiante, por um antigo parceiro do crime. «Que diferença fará como se morre?», interrogou-se Gustave. Mas, logo a seguir, o seu olhar desviou-se para o corpo magro de uma rapariga de cabelos escuros e feições finas, muito parecida com Léah. Estremeceu. Meu Deus, era Léah. Não, não podia ser Léah, que ainda nessa manhã ele vira na mansão de Miromesnil, muito correta no seu uniforme, os anéis de cabelo contidos pela touca, a servir à mesa. Aquele corpo franzino, acompanhado pelo traje colorido das prostitutas pobres, era o de uma das muitas que pululavam nos teatros, nos cafés, nos bulevares, nas carruagens de comboio, nas mesas dos cafés da nova Paris. Mas podia ser Léah. Podia ser uma menina de boas famílias, como a sua prima Marie, não fosse o farrapo de vestido exibido ao lado. Era uma rapariga como tantas outras, desprovida de qualquer traço de individualidade, diluída na platitude da morte que tudo nivela. De repente, um arrepio de náusea atravessou-lhe o corpo. Não era o odor da carne a decompor-se, nem a impressão dos cadáveres alinhados em exposição macabra. Vira muitos corpos desmembrados nas trincheiras, um cavalo esfarrapado sobre uma barricada, cujas vísceras tinham desaparecido rapidamente nas algibeiras puídas dos famintos, e até uma criança miserável cortada em duas pela explosão de um obus. Era a consciência da finitude que lhe entrava pelo corpo e o empurrava depressa de regresso à vida, à casa confortável, à rua soalheira, e ainda à arte e ao amor, que são a única forma possível de iludir a morte.

Gustave abriu tão impetuosamente a porta do quarto do sótão que Léah, meio despida diante do pequeno móvel aonde ia lavar-se, soltou uma espécie de grito, logo contido pelo gesto humilde de criada habituada a servir. Mas, depois de um segundo de hesitação, como se a irrupção do jovem patrão no seu quarto pudesse significar apenas uma coisa, a rapariga fez menção de desprender a crinolina. «Não, nada disso. Quero desenhar-te.» «Agora, senhor?» «Sim, agora. Não te preocupes, ninguém te vai reconhecer.» Gustave arrastou um banquinho de madeira e fechou a portinhola, regulando a luz. Habituada a vê-lo silencioso e calmo, a rapariga parecia estarrecida diante do ímpeto do jovem. Gustave sentou-se, tomou o caderno e o lápis. Não procurou nenhuma pose. Fixou-a como a encontrara, as mãos segurando a saia num gesto interrompido, que a posteridade registaria como dúbio. A luz do dia desmaiava, e os sinos da igreja de Saint-Augustin anunciavam a hora do Angelus.

O quadro *Mulher ao toucador*, que viria a resultar deste primeiro esboço, ainda que obedecendo à formação clássica, atesta já a procura de uma perspetiva insólita. O cenário é quase enternecedor no seu despojamento. A jovem foi captada no momento íntimo e inesperado em que despe ou veste a saia; o acrescento de um espelho inclinado introduz uma imagem dupla. A cena é vista de forma desapaixonada; a rapariga está absorta, completamente distraída do espectador, como naquele quadro da *Mulher com Colar de Pérolas*, do holandês Vermeer, que Gustave apreciara. Mas o rosto refletido no espelho é meigo e envolvente.

Quando, uns dias depois, Gustave chamou Léah para lhe mostrar a tela, a rapariga aproximou-se a medo. «Agrada-te?» Parecia perturbada. «Sou eu e não sou. Quero dizer, reconheço a minha aparência, mas tenho qualquer coisa de duro, de secreto. Como se tivesse adivinhado os meus segredos, senhor.» «Ninguém te reconhecerá», disse Gustave, como da primeira vez. «Eu reconheço-me. É o bastante.» Gustave tentou colocar-lhe na mão uma moeda. «Não, senhor, por favor, não.» Gustave insistiu; a rapariga manteve a negativa. «Estou muito linda. Tem razão, senhor, ninguém me vai reconhecer.»

Foi tão difícil convencer Léah a posar de novo, desta vez nua, estendida num divã, como transportar para o sótão a colcha e as almofadas de cetim que guarneciam uma das acomodações de hóspedes e conseguir subtrair às tarefas quotidianas da rapariga os momentos necessários para a pose. René, cheio de sorrisos maliciosos, foi conivente na maquinação. Ainda que a criada lhe parecesse uma conquista pobre, agradava-lhe que o irmão mais velho tomasse finalmente uma amante. Gustave não conseguiria convencê-lo do contrário. Um pano azul tapou a parede clara, compondo uma espécie de cenário. Gustave reclinou a modelo de lado, ergueu-lhe os braços acima do rosto. A beleza do corpo da rapariga era tocante na sua realidade. Não era Vénus. Também não era nenhuma das mulheres de sociedade que René cortejava nos salões ou nos camarotes dos teatros, colecionando os seus retratos perfumados como sobras de aventuras. Era uma pobre filha de camponeses da Bretanha que fugira da miséria para servir na capital, de cabelos escuros e faces pálidas. E o seu olhar era tão digno e ao mesmo tempo tão modesto que se tornava insuportável. «Mantém os olhos fechados», disse-lhe Gustave.

Uns dias depois, o jovem pintor revelou o quadro à sua modelo. Léah pareceu surpreendida. Deveria sentir receio de ser reconhecida pelos patrões, da possibilidade de se ver exposta perante os olhares curiosos, mas não sentiu. Apenas se achou bela. Por instantes, o seu olhar habitualmente humilde desprendeu-se das peias da sua condição social e debruçou-se sobre o rosto de Gustave. O mesmo desejo que crescia nas entranhas do rapaz, com uma violência inesperada, devia nascer dentro dela, pelo menos assim sugeriam os lábios entreabertos, os olhos subitamente humedecidos. Eram castanhos e meigos. Gustave abraçou-a. Ela cheirava a alfazema e à goma do uniforme, como os lençóis de linho em casa de Giuseppe. O rapaz e a rapariga igualaram-se na sua juventude, na sua vontade de amor, e os seus corpos amassaram a colcha de cetim branco, que ficara esquecida no quarto do sótão, num desajeito terno.

Helena explicou à Autora que as grandes dimensões do retrato *Mulher ao toucador* e a preocupação do artista em apor a sua assinatura na tela (por essa altura, fazia-o poucas vezes) revelavam que Gustave acalentava realmente o desejo de apresentar a obra no Salão. Helena não sabia de Léah, naturalmente, e a Autora resolveu calar essa imagem que nascera dentro de si, a de uma rapariga pobre, morena e calada, abraçada a um jovem rico, tímido e inseguro.

Foi da segunda vez em que as duas mulheres se encontraram. Embora Helena se apresentasse calma e vestida com esmero, a Autora achou-a mais magra, mais pálida, um pouco distanciada das coisas em redor. Toda de preto, como na outra tarde, com um meio-sorriso parado nos lábios, parecia serenamente encerrada nas trevas do seu sofrimento. «Luto patológico», repetia ela, «é esse o meu diagnóstico. Num dia, faltava-me o abraço dele. Tinha um buraco escavado no peito, por onde o frio entrava, um frio agudo, cortante, impossível de descrever. No outro, era a ausência dele que ganhava forma e começava a apertar-me, a esmagar-me, a impedir-me de respirar. E, no entanto, às vezes dava por mim a ter pressa de chegar a casa, com medo de que o Francisco lá estivesse. Perdia-me a pensar no que iríamos fazer para o jantar, ou se resolveríamos enfrentar a preguiça e caminhar até à tasquinha onde nos apertávamos numa mesa estreita e o vinho era servido em jarrinhos de barro.» A voz de Helena soava pausada e nítida, mas era como se em cada acento, em cada sílaba, pairasse uma nota de amargura. «Sinto-me pior todos os dias. O mais irónico é que as análises dizem que tenho uma saúde de ferro.»

Nesse ponto, é possível que uma nota de impaciência tenha passado pelo rosto da Autora, porque Helena se apressou a continuar. «Desculpe, estou a desviar-me. Gustave não conseguiu apresentar a sua obra no Salão, nem frequentou por muito mais tempo a Academia de Belas Artes.» Também o romance com Léah seria passageiro, pensava a Autora, decidindo-lhe o rumo. Dali a semanas, a rapariga iria ter com a senhora Caillebotte e, um pouco ruborizada, pediria que lhe fizessem as contas. Céleste, que lhe apreciava o trabalho e os modos reservados, perguntaria se alguma coisa a tinha desgostado em sua casa. «Oh, não, minha senhora. Mas vou casar-me... Sim, minha senhora, o meu noivo tem profissão.» Ao jantar, enquanto Léah servia à mesa, Céleste haveria de transmitir a novidade. O velho Martial puxaria de uma moeda de ouro e forçá-la-ia nos dedos hesitantes da rapariga. «Para o teu enxoval.» Léah baixaria os olhos, mas guardaria a moeda. «Muito obrigada, senhor.» René assistiria a tudo com uma expressão avisada. Gustave limitar-se-ia a olhar para a rapariga e a oferecer-lhe um sorriso.

Helena não sorria, as mãos abraçadas à chávena em que o chá, que tomava amargo, já estaria morno. Mesmo quando falava em Caillebotte, devia estar a pensar no marido, supunha a Autora, devia estar a sentir a tal dor profunda ou o tal aperto esmagador. Com uma espécie de volúpia, de que a simpatia pela outra não estava excluída, compreendeu que Helena, que investigara tanto, ignorava tudo do episódio entre Gustave e Léah. Certos corredores do tempo estavam-lhe vedados. Certas formas de iludir as distâncias não lhe eram permitidas. No mesmo instante, decidiu que nada lhe contaria. «Você hoje está misteriosa», comentou Helena. A Autora encolheu os ombros. Dois homens velhos, que já ali estavam da primeira vez, ocupavam a mesma mesa, silenciosos, alheados, e pareciam ser os únicos clientes habituais do café. O empregado taciturno deslizava um pano pelo balcão. Era em dezembro, mas as marcas da quadra festiva tinham permanecido no exterior, nas iluminações vistosas das avenidas grandes, de que a ruazinha estreita onde ficava aquele café antigo estava simultaneamente próxima e distante. Ali dentro, apenas um pequeno pinheiro pousado no balcão, de onde pendiam uns enfeites tristonhos e antiquados, lembrava que se aproximavam as festas. A Autora considerou que para Helena devia ser difícil atravessar a época e, num tom que pretendeu soar gentil, balbuciou qualquer coisa sobre voltarem a encontrar-se mais perto do dia de Natal. «Logo se vê», respondeu Helena, deslizando a ponta do dedo sobre o tampo de fórmica, onde a humidade se condensara. «No Natal costumo atulhar-me de tranquilizantes e ficar na cama dias seguidos. De qualquer modo, é urgente que lhe fale agora dos anos a seguir à guerra.»

Esses anos, pródigos em destruir negócios, tinham contribuído para criar novas oportunidades para o mercado de arte. Em 1867, Paul Durand-Ruel abrira uma segunda galeria na rua Lafitte. O seu negócio começara com o fornecimento de materiais aos pintores. Sucedia que, muitas vezes, estes não tinham dinheiro para pagar as tintas e deixavam os seus quadros como garantia. Durand-Ruel, que gostava dos clássicos, fora desenvolvendo olho para as telas dos novos artistas, cujo potencial intuía rapidamente. Durante a guerra franco-prussiana, refugiara-se em Londres, onde pela mesma altura se encontravam jovens pintores como Claude Monet ou Camille Pissarro. Começara a expô-los e a comprar-lhes quadros. De regresso a Paris, encomendara a Monet a decoração de um salão no seu apartamento. Monet pintara-lhe uma profusão de flores em painéis de madeira, flores de lis, rosas de inverno, crisântemos, girassóis, azáleas, dálias, margaridas, papoilas, tulipas, gladíolos, e Durand-Ruel gostara do resultado.

Desde a década de sessenta que o prestígio do Salão Oficial vinha a decair. Os vastos espaços do Palácio da Indústria, onde o Salão se realizava, estavam ocupados durante todo o ano com mercadoria comercializável e, dependendo do mês, o visitante sabia o que encontraria à venda: vacas leiteiras, plantas ou quadros. «Os jurados são um bando de nulidades, mas olhe que as práticas de exposição também deixam muito a desejar», explicava a Gustave Edgar Degas. Os dois jovens cruzavam-se por vezes em casa de Henri Rouart ou no ateliê de Léon Bonnat. Em vez de obras amontoadas pelas paredes, Degas gostaria de ver apenas duas filas de quadros. As telas deveriam estar separadas por, pelo menos, vinte centímetros. Uma vez que nem todos os quadros se destinavam a serem vistos sob a mesma perspetiva, o artista, ao submeter uma obra, deveria dizer como gostaria de a ver exposta. Em vez de separar as obras de acordo com a técnica utilizada, continuava Degas, explicando-se com gestos secos, o Salão deveria misturar desenhos e pinturas, grandes e pequenos formatos, exatamente como faziam os americanos ou os britânicos. Gustave não simpatizava propriamente com aquele rapaz de modos macambúzios, mas dava por si a concordar inteiramente com as suas ideias. E Degas, que não perdia uma oportunidade de recrutar aliados, decidiu introduzir Gustave no pequeno grupo de pintores amigos.

Logo no dia seguinte, apresentou-lhe Mary Cassatt, uma americana alta e ruiva. Gustave estremeceu sob a timidez do costume, mas rapidamente percebeu que Mary era muito diferente das raparigas francesas. Estabelecera-se em Paris havia vários anos, mas viajava muito. Estudara pintura e chegara a expor no Salão, até que decidira que nunca mais se conformaria com as orientações de ninguém, pintando o que queria e como queria. Um dia, assegurava ela a Gustave, haveria de encontrar o seu público, sem o auxílio de juízes ou concursos.

Gustave tomou-se de simpatia pela americana. Não era, porém, um interesse romântico. Nada tinha contra mulheres pintoras, a não ser que eram mulheres e que o convívio com elas continuava a intimidá-lo. «O que se passa», dissera ele um dia a René, «é que as conversas com mulheres, para mim, são sempre perturbadoras. Não podemos dizer tudo o que queremos, ou então dizemos demais. Então, opto por calar-me, ou complico o discurso, ensarilho-me, e a dada altura estou a dizer disparates desbragados». Havia a outra pintora do grupo dos independentes, Berthe Morisot, uma rapariga bonita e pálida, sempre vestida de preto, que Edgar Degas lhe apresentara numa receção em casa da senhora Manet. Falava-se numa espécie de romance entre ela e Édouard Manet, que a retratava obsessivamente e defendia não menos obsessivamente o seu talento. Mas Gustave achava que Berthe, com os olhos escuros e as sobrancelhas espessas, tinha qualquer coisa de antipático, e fugia da beleza dela como de um agouro.

Hoje em dia, Argenteuil é um subúrbio tristonho e fabril, cortado por autoestradas, viadutos e caminhos de ferro, onde a Autora deste livro procurou em vão vestígios das paisagens risonhas coloridas por Renoir ou das vistas ensolaradas sobre a rua de la Chaussée pintadas por Monet e Sisley. A poluição estende uma névoa compacta sobre as ruas cinzentas, cobrindo como uma película pegajosa as paredes salpicadas de *graffiti* e enchendo a atmosfera de um cheiro seco e metálico. Adolescentes de auscultadores nos ouvidos, embrulhados em camisolas de capuz, atravessam as ruas como se fugissem sempre de alguma coisa ou de alguém. Talvez fujam de si próprios, dos seus medos, do seu desconforto, pensa algumas vezes a Autora, voltando os olhos na direção do rio e regressando àquela manhã de julho em que Gustave conduziu o seu veleiro desde o embarcadouro de Yerres até às margens de Argenteuil. Navegava havia já alguns anos, sempre na companhia de Maurice Brault ou do irmão Martial, e era um velejador talentoso.

Entre a assistência, encontravam-se Edgar Degas e outros dois rapazes pintores. Eram todos amigos desde a juventude. Quando Gustave saltou da embarcação, num movimento desembaraçado, devem ter-se impressionado com o jovem magro e atlético, impecavelmente vestido de seda branca, que avançava na direção deles, com um sorriso que denunciava reserva, mas não propriamente intimidação. Quem estendeu primeiro a mão a Gustave foi um rapaz alto e corpulento, de traços finos escondidos por uma barba espessa e uma voz que, modulada de forma consciente, se adivinhava poderosa e persuasiva. Degas fez a apresentação: Claude Monet. O outro era o inverso do primeiro. Era pequeno e magro e, embora tivesse pouco mais de trinta anos, o rosto escavado mostrava uma expressão envelhecida. Chamava-se Auguste Renoir.

«Você pinta, não é verdade?», perguntou Claude a Gustave. Gustave confirmou. Claude voltou-se, então, para Auguste. «Sabes quem me faz lembrar este nosso amigo, não sabes?» Auguste acenou que sim. Como Gustave lhes perguntasse a quem o comparavam, Auguste Renoir falou-lhe de um jovem pintor de Montpellier, muito rico e muito talentoso, que morrera tragicamente na frente de combate durante a guerra franco-prussiana. «Frédéric Bazille, assim se chamava o nosso amigo.» Gustave estremeceu. Claro que o jovem pintor rico de Montpellier não poderia ter sido o seu substituto, aquele que o pai contratara para o poupar à guerra, mas o destino trágico do rapaz parecia-lhe uma espécie de versão alternativa da sua existência. Gustave já ouvira falar dele, mas quis saber mais. A conversa fluiu, afável como a brisa morna que sacudia a folhagem e arrepiava ligeiramente o caudal brilhante do Sena. Não tardou que Claude Monet apresentasse Gustave Caillebotte aos outros membros do grupo.

Uma pintura de Auguste Renoir, conhecida como *O Almoço dos Barqueiros*, transporta a Autora para este período alegre na vida de Gustave. A tela mostra um grupo de amigos reunidos numa esplanada da Maison Fournaise, uma estalagem na ilha de Chatou, junto ao pequeno cais onde aqueles que passeavam pelo Sena atracavam os barcos durante a pausa para o almoço. Um grupo de figuras risonhas, iluminadas pela luz que jorra da grande abertura da varanda, convive jovialmente. Alguns dos comensais estão de pé, outros sentados, outros reclinados no varandim. Sobre as mesas veem-se frutas maduras e vinhos encetados. As camisolas brancas, sem mangas, de ambos os homens em primeiro plano, bem como a toalha estendida sobre a mesa, refletem a luz, distribuindo-a pela composição. Um deles, o jovem à direita, visto de perfil, sentado ao contrário na cadeira, é, como a Autora bem sabe, Gustave Caillebotte. As feições corretas, mais parecidas com as de René, estão decerto alindadas pelo olhar amigo e generoso de Renoir, porém, o corpo esguio mas musculado corresponde ao do jovem velejador.

Por vezes, perguntam à Autora deste livro porque faz do tempo passado um dos motivos principais da sua escrita. Raramente a teremos visto tão enleada como nesses momentos em que a pergunta, apesar de tudo previsível, lhe tolhe os lábios no meio-sorriso da hesitação. O mais simples e mais verdadeiro seria explicar aos que a rodeiam que, quando mergulha os olhos num quadro como este, quase sente o suor fino que se desprende dos corpos, quase ouve o rumor das águas contra as estacas de madeira, quase sente nos lábios o sabor da polpa da fruta talhada sobre a mesa. Mas o mais simples e o mais verdadeiro nem sempre é o mais aconselhável e, por isso, nessas alturas em que lhe fazem perguntas, a Autora abre mais o sorriso e costuma debitar palavras como *morte, esquecimento, fugacidade*.

7

Chegava ao fim o ano de 1873, quando Degas, Monet e alguns amigos recuperaram uma ideia que vinha de antes da guerra e resolveram constituir uma sociedade anónima de artistas. Camille Pissaro, um pintor de ideias radicais, um pouco mais velho do que os outros, tinha a ideia de formar uma associação cooperativa. Edgar Degas preferia uma sociedade mais aberta. No que concordavam era na necessidade de encontrarem as condições adequadas para mostrarem os seus trabalhos, o que implicava retirarem-se do mercado do Salão e experimentarem outras formas de exporem. Já não eram principiantes, quase todos tinham mais de trinta anos, e as suas experiências com as instituições artísticas oficiais haviam sido dececionantes. Gustave, que os escutava, não estava seguro de querer juntar-se abertamente a um grupo cujo programa político abraçava ideias de esquerda, o que não deixaria de indispor o pai, mas decidira apoiar a iniciativa.

A primeira exposição foi montada no número 35 do bulevar des Capucines, nos ateliês recentemente deixados vagos pelo fotógrafo Nadar. Quando a Autora deste livro passou pelo local, encontrou aí uma loja de acessórios de luxo, cujo acesso, condicionado, se fazia através de uma grande porta vermelha. Estranhamente, como apontara Helena, na cidade onde cada esquina, cada prédio, cada praça, ostenta uma placa assinalando algum acontecimento histórico, nenhuma inscrição recordava o momento da história da arte vivido entre aquelas paredes.

Edmond, o irmão de Renoir que ficara encarregado da impressão do catálogo, pediu aos pintores que lhe indicassem os títulos dos quadros. Quando chegou a vez de nomear uma tela que pintara durante a sua mais recente viagem ao Havre, Claude Monet hesitou. Deitou um olhar à pintura, dominada por um círculo laranja num céu azul, com reflexos alaranjados, riscados em todas as direções. Depois de uma pausa, sugeriu com displicência: «Impressão.» Na tipografia, Edmond Renoir achou o título curto e resolveu aumentá-lo: *Impressão: Sol Nascente*. Os novos pintores agendaram a inauguração da exposição para duas semanas antes da abertura do Salão Oficial e propuseram um horário inovador. Para aproveitarem a proximidade da zona dos teatros, prolongavam a exposição até à noite, como já era usual na Inglaterra, a fim de venderem o maior número possível de ingressos. A entrada custava um franco, e o catálogo podia ser comprado por 50 cêntimos.

Os curiosos que acorreram à exposição de 1874, ao soerguerem os tecidos drapeados que separavam as divisões do antigo estúdio de Nadar, tinham a sensação de estar a penetrar numa galeria privada. O papel acastanhado original fora deixado nas paredes, marcando a diferença em relação ao vermelho vivo das paredes do Salão Oficial. A disposição das obras era desafogada, com os quadros pendurados em duas filas horizontais, como Edgar Degas defendera, estando os trabalhos de maior formato expostos ao nível superior. Alguns visitantes mostraram-se sensíveis à configuração íntima do lugar e ao novo entendimento da relação entre espectadores, pintura e espaço expositivo que a mostra pressupunha. Philippe Burty, um colecionador de arte amigo de Degas, compôs uma crítica para o jornal inglês *The Academy*, na qual mencionou a intenção dos jovens artistas de mostrarem os seus trabalhos quase como num ateliê, com boa luz, menos a monte do que nas exposições oficiais. Mas a maioria dos críticos não compreendeu, ou fez que não compreendeu, as opções tomadas. A imprensa conservadora ignorou a exposição. Alguns jornais de esquerda cobriram o evento, embora muitos dos críticos de quem se esperava algum apoio, como Edmond Duranty, não tivessem escrito uma linha. Jules-Antoine Castagnary, amigo de Courbet, assinava uma crítica quase favorável no *Le Siècle*, apontando a ousadia, a vivacidade, as ligações dos pintores independentes à arte japonesa, mas questionando-se se tal orientação artística poderia perdurar. No entanto, era o mesmo Castagnary que, pensando no título da tela de Monet, apontaria o rótulo que, daí em diante, iria marcar o movimento: *São impressionistas no sentido em que transmitem não a paisagem, mas a sensação produzida pela paisagem.*

Gustave Caillebotte esteve todos os dias no bulevar des Capucines, acolhendo os visitantes, disponibilizando o catálogo, mostrando-se disponível para explicações, encorajando, enfim, os seus novos amigos. Mas foi o próprio Castagnary quem, numa ocasião, o tomou de parte e lhe explicou as razões do seu ceticismo. As novas classes em ascensão precisavam de decorar as suas habitações de luxo, é certo, mas queriam quadros que pudessem entender. Queriam paisagens acabadas, de linhas precisas, sem borrões, bem enquadradas, dotadas de perspetiva. Os novos pintores, com raras exceções, não lhes ofereciam nada disso. Gustave não foi capaz de discordar. Das paredes da mansão paterna pendiam apenas reproduções dos grandes clássicos. Um Constable e dois

Corot representavam sozinhos a arte das últimas décadas no prédio dos Caillebotte.

No final da exposição, as contas revelaram um défice de quase quatro mil francos. Sisley, Monet, Renoir e Pissarro tinham vendido algumas telas. Degas e Berthe Morisot não tinham vendido nada. Sem lucro nem glória, a sociedade anónima de artistas pintores, escultores e gravadores dissolveu-se.

No mesmo ano em que a primeira exposição impressionista fracassava, o pai Martial decidia investir na carreira de Gustave, dando início à construção de um ateliê para o filho na mansão familiar. Tratava-se de um acrescento de dois pisos, situados acima das dependências do porteiro. O piso superior, destinado ao estúdio, possuía um teto alto e abobadado, recebendo a luz do sol através de uma larga varanda voltada para a rua de Lisbonne, e, do lado oposto, uma janela a dar para a nova igreja de Saint-Augustin.

Gustave recebeu o favor paterno com reconhecimento e entusiasmo e subia todas as manhãs a visitar as obras do seu ateliê. Não se surpreendeu quando o mestre lhe apontou um dos trabalhadores que vinha aplicar o parquê como o jovem marido de Léah, mas não deixou de se perturbar quando viu, no dedo anelar do rapaz, o brilho discreto de uma aliança pobre. Sem fortuna, sem propriedades, sem educação, aquele rapaz de feições triviais e músculos esculpidos pelo trabalho, o boné retirado diante do jovem patrão, possuía a capacidade de abordar diretamente a mulher de quem gostava e desposá-la. Gustave esboçou um cumprimento na direção do rapaz e hesitou sobre se haveria de enviar lembranças a Léah.

Do piso inferior da mansão dos Caillebotte, chegavam os acordes do piano de Martial *Fils,* que ensaiava uma partitura de Théodore Dubois. No futuro estúdio de Gustave, os polidores do parquê prosseguiam o trabalho. Gustave ficou durante algum tempo encostado à ombreira a observá-los. Os gestos deles eram precisos, treinados, mas cheios de simplicidade. Gustave imaginou que o rapaz possuiria a jovem esposa assim, num envolvimento exato e natural, longe dos gestos dúbios com que ele, Gustave, levara para a cama a rapariga, que tanto podia ter-se deitado com ele movida por um desejo passageiro, como por compaixão ou mera obediência, ou até tudo ao mesmo tempo. Gustave não era sentimental, mas durante muito tempo associaria o cheiro a verniz e a madeira lascada a uma espécie de melancolia, tão funda quanto indeterminada nos seus motivos.

Percebia-se que o trabalho dos polidores era complexo. Antes de ser raspado, o parquê era molhado, para evitar que a madeira viesse a abrir fendas. Gustave reparou que algumas linhas longitudinais escuras e brilhantes, correspondentes às partes molhadas, contrastavam com as linhas claras e baças nas zonas que a plaina já tinha raspado. Foi nesse momento que o jovem pintor recebeu a inspiração para o quadro com que se distinguiria na segunda exposição dos impressionistas, e foi nesse mesmo ateliê em construção que começou os esboços de *Os Polidores de Parquê*, numa ânsia de tomar posse do seu espaço, do seu futuro, da sua arte.

A feitura do quadro era clássica, explicara Helena. Sob a orientação provável de Bonnat, Gustave esquissou uma a uma todas as partes do desenho, antes de as transferir para a tela. A perspetiva, acentuada pelo efeito picado e pelo alinhamento das lâminas de madeira, aparecia conforme à tradição pictórica herdada do Renascimento. Os torsos despidos dos polidores assemelhavam-se aos das estátuas dos heróis antigos; eram como que estudos de nu. Mas, longe de se confinar a exercícios académicos, Caillebotte explorava o universo contemporâneo. «Millet já tinha pintado camponeses; Courbet, partidores de pedra. Mas os operários da cidade quase nunca tinham sido mostrados. E, contrariamente a Courbet ou Millet, Caillebotte não introduzia na tela nenhum discurso social ou moralizador.»

Helena tinha razão. Era o que era, conforme era, ou assim parecia. Havia realismo no cenário, nas ferramentas, nos gestos. As três personagens quase poderiam representar instantâneos da mesma pessoa, captados sucessivamente, representativos das três fases do trabalho: afagar, raspar, envernizar. Contudo, para a Autora, toda a cena refletia também a transitoriedade de um instante irrepetível. A presença dos trabalhadores era tão efémera como o inacabamento do soalho. Os seus pertences estavam atirados para o canto e seriam recolhidos no final da jornada. Uma garrafa de vinho estava pousada no chão. Alguém iria recuperá-la. O instante perdurava, efémero e eterno.

Foi esse o tempo em que Gustave reencontrou Giuseppe De Nittis, regressado a Paris, e se tornou frequentador assíduo dos serões de quinta-feira em casa do italiano. Giuseppe mudara pouco. Se alguma recordação tinha do que se passara em Nápoles, não o demonstrou. Gustave também não o fez. Nenhum constrangimento aparente nos gestos de ambos, nenhuma sombra a pairar nas palavras que trocavam. No entanto, quem os observasse repararia que raramente permaneciam a sós. Além de Degas, entre os convidados habituais desses jantares contavam-se outros artistas, como Manet e Marcellin Desboutins, um pintor boémio que Degas haveria de representar numa célebre tela, no cenário de um café. À mesa do italiano também costumavam sentar-se escritores como Alphonse Daudet, Edmond Duranty e Edmond de Goncourt.

As discussões eram estimulantes; o ambiente, jovial. Era costume, a meio das refeições, os filhos de De Nittis virem à sala de jantar despedir-se dos pais e dos convidados, para alegria das senhoras presentes, que se desdobravam em exclamações sobre a beleza das crianças.

Foi numa dessas noites, ao acariciar a face do pequeno Jacques, seu afilhado, que Gustave anunciou que estava a preparar *Os Polidores*. Todos se mostraram entusiasmados. Manet aplaudiu o realismo do tema e profetizou-lhe sucesso. Degas manifestou curiosidade pelo enquadramento. Goncourt aprovou a representação do proletariado, que se enquadrava na estética naturalista que buscava imprimir nos seus romances.

Um homem de olhos claros, escondidos atrás das lunetas de aros finos, escutava atentamente a conversa. Tinham-no apresentado como Telémaco Signorini, um pintor florentino que começava a ser conhecido por ensaiar nas suas telas representações excêntricas da realidade. Telémaco era treze anos mais velho do que Gustave e falava francês com dificuldade, mas o pouco que conversaram fê-los sentir que os seus trabalhos coincidiam em muitos aspetos. À despedida, os dois homens trocaram cartões e apertaram as mãos, prometendo corresponder-se, mas quase antecipando que não o fariam. Telémaco parecia extremamente tímido. Gustave era reservado. Ao acomodar-se na carruagem que o levaria de volta à rua de Miromesnil, sentiu uma espécie de arrepio. Não era só por estar a trocar pelo frio da noite a atmosfera do apartamento de De Nittis, onde o fogo ardia, e o fumo, os vinhos, as vozes esfuziantes, criavam um ambiente de conforto. Era como se estivesse a transitar de uma atmosfera calorosa para o interior calado da mansão da família, onde os laços íntimos e os gestos de ternura eram escassos e tíbios.

A carruagem atravessava as ruas recentes, deslizando suavemente pelos novos pavimentos. Que era a perturbação que tantas vezes sentia dentro de si? Telémaco, Giuseppe, Léon... Seria um daqueles desviados que procuravam carícias entre os do mesmo sexo, um daqueles pervertidos que iam aliciar rapazinhos nos becos ou nas traseiras dos teatros? Ele, que no colégio se furtara aos contactos viciosos, que durante a vida no exército escapara a todas as depravações, que não era efeminado, que não tinha nos órgãos nenhuma deformidade nem na família, que se soubesse, nenhuma patologia, que já conhecera o corpo de uma mulher e o apreciara? Seria possível que fosse a sua solidão a ditar aquele desejo que por vezes o subjugava de tocar, de abraçar alguém, homem ou mulher, alguém que lhe fizesse estremecer o peito, que o fizesse chegar às lágrimas, sentir-se vivo, desejo que ele dominava como podia, mordendo os lábios ou cravando as unhas na palma das mãos? Porque não podia ele encontrar o amor, um amor singelo, desinteressado e puro, perto de si? Talvez todo o amor termine em ausência, dir-lhe-ia Helena, pensando nos seus lutos, se lhe fosse permitido falar com ele. Talvez, confirmaria a Autora, pensando noutras coisas.

A tia e as primas, de visita a Paris para as festas de Natal, tinham chegado à mansão de Mirosmenil com um pequeno aparato provinciano de malotes e criadas. Como as raparigas estavam crescidas, pensou Gustave. Já não era possível puxar pelos caracóis a Zoé sem que esta lho levasse a mal, nem elogiar os olhos lindos de Marie sem ofender o seu pudor. Pouco habituadas ao movimento da capital, as duas primas falavam animadamente dos passeios cheios de gente, das montras dos armazéns iluminadas pelos brilhos festivos, dos cafés sempre abertos que estendiam sobre a névoa das ruas claridades vivas. Era a noite de consoada. Martial *Fils*, ao piano, tocava uma melodia de Gounod. As primas e a tia rodeavam-no; Marie ajudava-o a virar as páginas das partituras. René, ausente sabia-se lá onde, ainda não chegara a casa. Céleste orientava a disposição das porcelanas e dos cristais na grande mesa de mogno, sussurrando indicações a uma rapariguinha que viera ocupar o lugar de Léah.

Acomodado no sofá, Gustave hesitava em pousar o charuto para pegar no caderno dos esboços e registar a presença das primas ou deixar-se embalar pela melodia do piano do irmão. Em vez disso, o olhar estendeu-se na direção do pai, que acendia um charuto na poltrona em frente. Por um instante, sentindo-se observado, o velho Caillebotte suspendeu o movimento e trocou um sorriso com o filho. Desviaram logo os olhos, numa espécie de embaraço mútuo. Porquê, perguntava-se Gustave, porque nos é tão difícil amarmo-nos, amarmo-nos sem rebuços, com simplicidade? Levantou novamente os olhos para o velho. De repente, reparava na barba encanecida, na pele pergaminhada, e calculava-lhe a idade. O pai tinha setenta e cinco anos. Já tinha setenta e cinco anos. O velho acendia o charuto. Acendia, porque o gesto eternizava-se, suspenso, e o olhar, muito aberto, paralisado, denunciava uma espécie de surpresa ou de pânico. «Sente-se bem, meu pai?» A pergunta de Gustave não teve resposta, senão o olhar do velho que, por segundos, se deteve novamente nele. O velhote tombava sobre a alcatifa, já era o corpo morto do homem que nascera no outro século e que comprovara, com o exemplo do seu sucesso, todas as vantagens e oportunidades do novo. Céleste soltou um pequeno grito. A garrulice das primas interrompeu-se bruscamente, e as cordas do piano de Martial *Fils*, que a partir desse instante se via no direito de ser chamado, simplesmente, Martial, soaram um acorde desencontrado. Quando René, muito afogueado pela pressa e pelo frio da rua, entrou, esbaforido, no salão, já não havia motivos para sorrir.

As cerimónias fúnebres do velho Martial trouxeram uma pequena multidão à igreja de Saint-Augustin. Imponentemente erguida sobre uma estrutura metálica, que o seu arquiteto fizera questão de não esconder e transparecia nas colunas e na abóbada, a igreja era mais um monumento ousado da nova Paris, conciliando as necessidades espirituais dos fiéis com as inovações da modernidade. O corpo do velho foi depois conduzido ao jazigo que ele próprio mandara erigir no cemitério do Père-Lachaise, para onde já tinham sido trasladados os despojos das suas duas primeiras esposas e dos filhos mortos. No jornal *Le Figaro* do dia seguinte, podia ler-se: *Ontem tiveram lugar as obséquias de um homem que não merece partir sem algumas palavras de despedida. O senhor Caillebotte, antigo juiz no Tribunal de Comércio e cavaleiro da Legião de Honra, era detentor de uma grande fortuna, de que fazia bom uso. Todos os estabelecimentos de caridade do seu bairro o sabem. Foi conduzido ao túmulo por uma imensa multidão de amigos.*

Embora a enorme fortuna de Martial Caillebotte, a seriedade de caráter da sua terceira esposa e a própria afeição que a unia ao enteado tivessem tornado a precaução pré-nupcial obsoleta, o certo é que, a fim de proteger os direitos de Alfred, Martial desposara Céleste sob o regime de *sans communauté*. Por esse motivo, entre a explanação das suas últimas vontades, o falecido lembrava aos filhos que todos tinham concordado que a divisão dos bens só se fizesse após a morte de Céleste. Até esse momento, cada filho ficaria de posse da sua parte nas propriedades situadas na rua Des Deux Gares e receberia da mãe, pelo usufruto da mansão da rua de Miromesnil, uma renda anual de quatro mil francos. Juntando esses rendimentos ao bom crédito de que gozariam enquanto futuros herdeiros de Martial Caillebotte, os filhos poderiam viver bem, muito bem, ainda que sem total autonomia financeira.

Gustave e Martial não questionaram os termos do testamento. René também não o fez, ainda que de todos fosse o menos paciente. Aos vinte e quatro anos, listado nos registos oficiais como *sem profissão*, acumulava dívidas de jogo e pedia constantemente dinheiro emprestado aos irmãos, à mãe e aos amigos. Alfred sentiu especialmente a morte do pai. Não havia muito que o arcebispo de Paris o fora buscar a Saint-Germain de Charonne para exercer o seu ministério na nova paróquia de Saint-Georges de La Villette, erigida nas vizinhanças de Buttes-Chaumont. Agora, herdava cinquenta mil libras de renda. Os proventos da sua igreja, acrescidos deste património privado, transformaram-no subitamente no sacerdote mais rico da capital. Não faltou quem lhe apontasse o dedo com despeito. Mas Alfred daria bom uso aos seus rendimentos. Pagou as despesas de construção da nova igreja, da capela de catequese, da sacristia, do orfanato, da escola primária, do escritório, incluindo mobiliário e ornamentação. No tampo do seu genuflexório, onde já repousavam a miniatura da mãe, a da irmãzinha, a da primeira madrasta e uma pequena litografia de um menino com asas de anjo que simbolizava o meio-irmão morto à nascença, Alfred acrescentou o retrato do pai. Inclinado em recolhimento, as mãos entretecidas no rosário, o jovem padre rezava a Deus e procurava-o dentro de si, com as palavras que conhecia e a valentia que sentia desde menino. Mas, numa zona recôndita do seu íntimo, pensava em como, às vezes, tudo na vida lhe parecia sombra, tristeza, solidão, enfermidade.

«Obrigada por ter vindo», começara por dizer Helena, «sei que tem sempre muito que fazer». A Autora esboçou um sorriso, um vago gesto de negação. Estava-se no início de março, mas fazia muito frio, e o café dos velhos, tristonho e quieto, era um cenário de desolação. «Costumava vir aqui com o Francisco», continuou Helena, como se nunca o tivesse dito. «Estes nossos encontros são uma das poucas irrupções de alvoroço na minha vida sossegada. Fazem-me bem.» A Autora assentia, procurando sacudir o desconforto que a invadia naquele espaço melancólico e o leve sentimento de culpa de que agora tomava consciência, por todas as vezes em que se esquivava a estar com Helena, pelas mensagens ignoradas ou pelas respostas lacónicas, pela vontade que sentia, ali mesmo, naquele instante, de se escapar e nunca mais a ver. O estralejar soturno de uma mosca eletrocutada num pequeno aparelho suspenso do teto arrancou-a à sua reflexão. Helena fitava-a. «Gostaria muito de poder ler o seu romance. Mas não devo ter tempo.» A Autora impacientou-se. Irritava-a que Helena tivesse, como ela própria dizia, um corpo perfeitamente saudável e, todavia, falasse permanentemente em atentar contra a própria vida, enquanto ela, que queria viver, dependia de confirmações médicas periódicas para se assegurar de que tinha futuro pela frente. Devia deixar de se encontrar com Helena, escrever sozinha o seu romance e os demais que viessem. Por vezes, achava que a professora de história da arte pouco mais poderia ensinar-lhe sobre Gustave Caillebotte, embora naquela tarde tivesse trazido na pasta um pequeno conjunto de cartas escritas pelo pintor. Era como se doseasse as informações que lhe transmitia, a fim de lhe manter vivo o interesse, a fim de preservar o laço frágil que as unia, pensava a Autora, alimentando a sua irritação com esse pensamento. E, no entanto, se procurasse bem dentro de si e fosse fiel ao que encontrasse, teria de admitir que, em determinadas ocasiões, era ela quem se lembrava de Helena e desejava que Helena insistisse num encontro.

Gustave teve de juntar ao desgosto pela morte súbita do pai a frustração de ver a sua tela *Os Polidores de Parquê* recusada pelo júri do Salão Oficial. A correspondência trocada com os amigos é reveladora da sua desilusão, mas, mesmo que essas cartas não existissem, a Autora deste romance compreenderia decerto a frustração do jovem criador.

Por essa altura, De Nittis assentara residência em Londres. Procurando novos motivos para as suas telas e, sobretudo, esperando vendê-las, pintava agora as nuvens densas sobre a ponte de Westminster, os *pickpockets* dissimulados nas esquinas de Trafalgar Square, as mães passeando com os filhos pelo relvado tranquilo do Hyde Park. Imaginando a frustração do amigo, De Nittis escrevia à mulher, que ficara em Paris, pedindo-lhe que convidasse Caillebotte para jantar e lhe dissesse que não se importasse com o júri. «O futuro é nosso», foram estas as palavras que lhe mandou dizer e que Gustave recebeu da boca de Graziela. Como o quadro de De Nittis intitulado *Praça da Concórdia* fora aceite na mesma edição do Salão da qual Gustave se vira afastado, o conselho do amigo não terá surtido o encorajamento esperado. Contemplando as ousadias que o italiano pusera no contraste de escala entre os elementos próximos e distantes, no enquadramento brusco, na atenção aos detalhes insignificantes, Gustave sentiu reforçadas as afinidades entre a representação da vida contemporânea traçada pelo amigo e a sua própria conceção de arte. Mas, ao mesmo tempo, há de ter sentido que *o futuro* de que lhe falava Giuseppe, pelo menos de momento, se apresentava levemente diferente para os dois.

Apesar de tudo, no verão desse ano, Gustave e De Nittis voltaram a reunir-se em Nápoles. Era impossível não evocar com emoção a presença do pai, por aqueles mesmos sítios, três anos antes. O quartinho voltado para o pátio, que Martial ocupara. A cadeira de palhinha onde o pai se sentara. O velho cão perdigueiro, um pouco mais velho, mais trôpego, mais pesado. As azeitonas negras e graúdas, saídas das mesmas oliveiras, que o velhote elogiara e que agora Gustave e o italiano saboreavam ao serão. Às vezes, instalava-se entre ambos um silêncio incómodo, e Gustave sentia-se invadido por uma melancolia vaga. Mas depois aparecia Graziela, ou um dos rapazinhos, ou um dos numerosos parentes, e depressa a juventude, o sol, o calor, faziam a sua obra, e o entusiasmo de Gustave regressava.

Durante esses meses passados em Itália, Gustave Caillebotte pintou mais e melhor do que na viagem anterior. A confiança na pintura *sur le motif*, na rapidez do traço, no manuseio das cores, faz-se notar nas telas que resultam dessa segunda viagem, sobretudo numa de que a Autora deste romance gosta especialmente e se chama *Estrada de Nápoles*. Explicou-lhe Helena que, ao contrário de outros quadros que representam o mesmo motivo, incluindo alguns do próprio De Nittis, a paisagem de Caillebotte não detalha os elementos italianos do cenário, nem exibe figuras típicas, mas apenas a estrada branca, bordejada por pedras claras, reverberando a luz do sol, o vulto negro e distante do Etna e o subtil véu de nuvens que cobre a atmosfera, sugerindo o calor pesado suspenso sobre a região. Não há qualquer sinal de frescura nas proximidades; só o laço azul atado ao pescoço do cavalo e alguns arbustos ressequidos parecem estremecer à passagem da brisa. Uma carruagem parada ocupa o centro da estrada. Atrás, assoma uma figura quase invisível, da qual só se vislumbram o chapéu e a parte superior de uma tela. É costume identificar esse vulto como sendo Giuseppe De Nittis, que Gustave teria representado a pintar. «Tem de ser De Nittis», afirmou Helena. Mas a Autora sabe que essa figura ténue é a do próprio Gustave, que, de paleta na mão, os olhos inflamados pela poeira, dissolve todas as mágoas no desejo de pintar.

Regressado de Itália, Gustave reuniu-se à família em Yerres, onde a mãe e os irmãos arrastavam a sua vilegiatura. Num dia chuvoso de outono, viram-no enfiar o impermeável, pegar no cavalete e na caixa de madeira onde guardava os apetrechos, postar-se diante do rio e começar a pintar diretamente da paisagem. Pesaria nas perspetivas ousadas de Gustave a influência dos quadros de Giuseppe? O exemplo das estampas japonesas que colecionava? O certo é que o motivo do rio daria origem a um enquadramento invulgar do cenário, em que as linhas diagonais do caudal contrastavam com a verticalidade das árvores na margem oposta. Entre umas e outras, os círculos concêntricos formados pelas gotas de chuva sobre o caudal justificavam o título do quadro: *Rio Yerres, Efeito de Chuva.*

No ano que mediou entre a rejeição do Salão e a segunda exposição impressionista, Gustave sublimou o luto pelo pai numa série de quadros que registam a vida familiar. *Almoço*, *Rapaz ao piano* e *Rapaz à janela* estão todos datados de 1876, mas, como afirmava Helena, Gustave preparou-os certamente durante o ano anterior, visto serem trabalhos em grande escala e perfeitamente acabados.

Almoço representa a mãe viúva, Céleste, com o filho do meio, René, sentados à mesa de almoço. O quadro reflete a mesma visão organizada de *Os Polidores de Parquê*. A decoração luxuosa e sombria da divisão manifesta-se no peso dos reposteiros de veludo, nas travessas de faiança exibidas no armário, no brilho das porcelanas, dos copos, das taças, dos frascos, dos decantadores. Sem toalha a cobri-la, seguindo a moda inglesa, a mesa de ébano parece mais escura, mais fria, mais comprida. O mordomo serve cerimoniosamente Céleste, curvando a travessa num gesto algo instável. Ela, vestida de luto carregado, dobra ligeiramente a cabeça. Sem esperar que a mãe seja servida, René já está a comer. Um relógio de parede marca a passagem do tempo. Três cadeiras são visíveis ao fundo, postas contra as janelas, estofadas para combinar com os reposteiros dourados. Uma, isolada, representa o pai morto; as outras duas, lado a lado, os irmãos ausentes: Alfred, na sua paróquia; Martial, a cumprir o serviço militar em Bordéus. Um prato vazio parcialmente visível sobre a mesa será o do próprio pintor. Apesar da evidência de riqueza e de comodidades, a distância, a tensão, o desconforto das personagens são tão palpáveis que a Autora quase se sente constrangida ao observar a cena, como se tivesse surpreendido um segredo, como se a tivessem forçado a projetar-se na intimidade de uma família na qual os gestos convencionais de cortesia substituíam as expressões naturais de afeto. «Não sou assim tão mau como me pintas», protestou René, assim que o irmão puxou o lençol que cobria a tela, forçando ambos a um sorriso que não disfarçava a perturbação. «Pois não. Mas é assim que vos vejo.»

No inverno desse ano, Gustave pintaria o quadro *Rapaz ao piano*, representando o irmão Martial na sala de Miromesnil, a tocar no seu piano *Érard*. A espessura dos estofos, o requinte dos padrões dos cortinados, do papel de parede, da tapeçaria, desmaiam na penumbra, numa imprecisão displicente. Visto de cima, iluminado pela luz de novembro, coada pela transparência das cortinas, é Martial, o rapaz sério, o irmão por quem Gustave sentia mais carinho, que ocupa o quadro todo, cujas feições são oferecidas em detalhe, cujos fios de cabelo parece que se sentem, assim como o toque frio e levemente transpirado das teclas de marfim ou a textura encrespada das partituras.

Mas a última grande pintura de Gustave antes de debutar nas exposições impressionistas seria *Rapaz à janela*, um retrato do seu irmão René. Erguendo-se do sofá, o jovem acercou-se da varanda para observar a animação da rua, uma das ruas novas inventadas por Haussmann, com as árvores ainda jovens e as fachadas das casas imaculadas. Contudo, se nos aproximarmos da tela, percebemos que o olhar dele se dirige à silhueta esbelta de uma rapariga que atravessa o bulevar de Malesherbes, altiva e cortante como a *Milady* dos versos que um tal Cesário Verde compunha pela mesma altura. De costas para o espectador, René surge como uma silhueta negra e robusta, cujo mistério é mantido pelo efeito de contraluz. Dir-se-ia que o jovem desejava evadir-se, mas estava encarcerado pela balaustrada, pelas barreiras dos edifícios, pela poltrona vermelha que não lhe dava possibilidades de fuga. «Pela primeira vez, graças à perspetiva bizarra, havia nos quadros de Gustave Caillebotte uma ligação entre o espaço interior da casa, pesado e sombrio, e o mundo exterior, inundado de sol. O olhar do espectador é convidado a seguir o de René», dissera Helena. Mas a nossa perspetiva nunca poderá ser a dele, pensava a Autora; não saberemos nunca exatamente para onde está a olhar. O quadro tinha qualquer coisa de dramático, mas nenhuma violência, e, para a Autora, uma tristeza inexplicável. «Já está? Já está, ou não?», perguntava René, durante as sessões de pose, que tinham de ser breves, muito breves, Gustave já o sabia, pois o irmão era impaciente.

À Autora deste romance, a figura de René na tela de Caillebotte lembra a do *Viajante sobre Um Mar de Névoa*, de Caspar David Friedrich, aquele quadro que mostra em primeiro plano a silhueta escura de um promontório rochoso, sobre a qual um viajante, de costas para nós, contempla a neblina densa que paira sobre os pináculos do vale e as montanhas mais distantes. Embora o quadro do pintor alemão ilustre um cenário romântico, evocando o mistério de uma figura solitária posta em confronto com a natureza, a Autora não consegue deixar de pensar em René, no seu temperamento brumoso, inquieto, ambicioso de algo que não teve tempo de perceber, e em como, no seu conjunto, o quadro pintado por Gustave Caillebotte soa a uma espécie de pressentimento. Mas é possível que, neste ponto, a Autora esteja mesmo a exagerar.

Os Caillebotte gostavam de passar os domingos de inverno em casa, resguardados pelas suas comodidades. Mas, naquela tarde de janeiro tão bonita, tão luminosa, os irmãos acharam que Céleste lucraria com um pouco de ar fresco e de exercício. Desceram da carruagem junto ao Louvre e cruzaram o jardim das Tulherias, onde as crianças brincavam em redor do lago ou giravam em cavalos mecânicos, sob a vigilância atenta das mães e das amas. Não se demoraram no jardim. Caminharam os quatro pelos cais do Sena, cujo leito tumultuoso e engrossado pelas chuvadas de inverno era cortado pelas barcaças rápidas, as embarcações que não paravam nem ao domingo e transportavam pedras, areia e materiais de construção, a fim de que a cidade, nos seus vários pontos de mudança, pudesse continuar a crescer e a modernizar-se. Sem pressa, Céleste e os filhos observavam os vendedores de livros usados, junto dos quais René parava a folhear um volume, mais adiante as mulheres batendo a roupa nos lavadouros do Pont Neuf, enquanto as crianças pobres, indiferentes à água gelada, saltavam despidas de um barracão de tábuas e esbracejavam no Sena, para que as pessoas lhes atirassem moedas.

Era mesmo aí, junto ao Pont Neuf, que uma pequena multidão se debruçava sobre o rio, perto do pontão. Gustave teve de inclinar-se para avistar um adolescente que nadava contra a corrente com uma graciosidade rara. A sua cabeleira flutuava à tona da água; parecia negra, de tão escorrida e molhada. O rapaz mergulhava, emergia, mergulhava, emergia. A água batia contra os rebordos das margens. Algumas pessoas, entre as quais Céleste, receosas não se percebia exatamente do quê, gritavam-lhe: «Tenha cuidado! Tenha cuidado!» E, com efeito, embora não perdesse o sorriso, o rapaz parecia esgotado, vinha à tona com dificuldade. Dois barqueiros que atravessavam o Sena perceberam o perigo e acercaram-se. O rapaz de cabelos negros, notando a presença deles, ergueu a mão como que para dizer adeus aos que o contemplavam e mergulhou. O remoinho fechou-se sobre ele; o rapaz desapareceu. Por instantes, a multidão permaneceu estática e emudecida, de olhos fixos no rio. Fora um suicídio, precedido de uma dança do cisne. Céleste, pálida, tinha as mãos cruzadas sobre a boca. Martial repetia num sussurro: «Meu Deus, meu Deus.» René, estarrecido, não desfitava o ponto exato onde o rapaz se afundara. Lentamente, a multidão parecia recuperar do seu assombro. Ouviu-se primeiro o gemido surdo de uma criança de colo, depois os lamentos isolados de uma mulher, que pouco a pouco se estenderam em redor, como um coro. Gritava-se pela polícia. «Vamos embora, vamos embora...», pediu a senhora Caillebotte. E Gustave, que sentira na pele os pavores estridentes da guerra, aprendia que as maiores angústias podiam esconder-se atrás da graça, que os maiores medos podiam aparecer revestidos de coragem.

A Autora deste livro assistiu uma vez a uma cena assim. Não exatamente assim, mas parecida. Aconteceu num hospital. Numa cama articulada, resguardada por biombos brancos, o corpo velho de uma mulher, todo minado pela infeção, perfurado por uma profusão de tubos e cateteres, preparava-se para morrer. O coração pararia poucos minutos depois de desligarem todas aquelas máquinas, tinham explicado os médicos, e os familiares da mulher, entre os quais a Autora, aceitaram que o procedimento fosse feito, convencidos da inevitabilidade do desfecho. Quando o último tubo foi retirado e a máscara desviada do rosto da mulher, esta descerrou as pálpebras, soergueu o rosto com esforço e passou o olhar exausto pelos que a rodeavam. Em voz sumida, queixou-se de sede e pediu que lhe trouxessem um refresco. Instantes depois, como ninguém fizesse menção de lhe satisfazer o pedido, e em vez disso lhe oferecessem sorrisos envergonhados e carícias tontas sobre os dedos, a mulher velha pareceu compreender, então, que era uma moribunda. E, antes que fechasse os olhos e recaísse sobre a almofada, a Autora seria capaz de jurar que lhe ouviu um murmúrio. Que tinha ela dito?, perguntaram todos uns aos outros, sem que ninguém conseguisse responder.

Também Helena vira morrer o marido no hospital e contara à Autora, num dos seus encontros, essa última visita. O rosto pálido e irreconhecível, o corpo inerte, afogado em morfina, o cheiro a desinfetante, o borbulhar monótono do oxigénio na garrafa, e depois o alarme discreto das máquinas, o cadáver a assinalar a ausência súbita e definitiva. E a dor a nascer-lhe no peito, funda, aguda, atordoante.

Dias depois daquela tarde junto ao Pont Neuf, um século e meio antes dessas outras em que Helena se despediu do marido e a Autora viu morrer a mulher velha, Gustave mostrou a pintura do *Rapaz à janela* ao irmão. E René, que raramente ficava sem palavras, permaneceu mudo.

8

Paris modernizava-se, e quase todos saudavam a mudança, mas a imagem medieval da cidade antiga prolongava-se na memória romântica de alguns, que perseguiam os vestígios da velha Lutécia nas vielas esconsas da Île de la Cité, nas passagens apertadas do Marais, suspirando por essa cidade alumiada a candeias, que, por ironia, só conheciam de livros e gravuras. Aqueles que ainda tinham percorrido as velhas ruas lamacentas, sem passeios nem esgotos, fendidas por córregos e pejadas de ratazanas, onde se vivia no meio de detritos, aplaudiam a cidade nova, sem reticências nem hesitações. Também a aplaudiam os que se lembravam de atravessar as passagens recônditas à luz vacilante dos lampiões de azeite e os que ainda se recordavam das casas de tetos inclinados, de cujos beirais a água da chuva caía sobre os transeuntes. Todos esses tinham bem presente o tempo em que a lama cobria o chão e, ao olhar para os sapatos de alguém que chegasse, se conhecia imediatamente se tinha vindo a pé ou de carruagem. Os cavalos resvalavam nas imundícies; os cocheiros manobravam com dificuldade; as viaturas curvavam-se perigosamente. Agora, as ruas eram pavimentadas em pórfiro ou granito, pedras polidas e uniformes, muito bem unidas, sobre as quais as carruagens rolavam suavemente e quase sem ruído.

Os mais excêntricos sonhavam, é certo, com as muralhas de Filipe Augusto e com o tempo em que o Louvre eram três torres minúsculas. Os artistas continuavam a reunir-se em Montmartre. E alguns, quase sempre os mais velhos, protestavam contra o aparecimento das primeiras luzes elétricas nas vias públicas, alegando que o brilho das lâmpadas feria a vista e que, à parte o seu inventor e os fabricantes de aparelhos, só os oculistas e os optometristas iriam lucrar com o novo invento. Mas a renovação da cidade encetada por Haussmann prosseguia inexoravelmente. Em Clichy, perto da mansão dos Caillebotte, as ruas em torno da estação de Saint-Lazare estavam a ser rebatizadas, tomando o nome de grandes cidades europeias, a fim de simbolizar a posição da França no centro da Europa. Sampetersburgo, Parma, Berna, Roma, Moscovo, Turim...

Em fevereiro de 1876, Auguste Renoir escreveu a Gustave Caillebotte, dando-lhe conta do projeto de uma nova exposição impressionista e convidando-o a expor com os pintores irreverentes. Gustave não hesitou; agora, nada, nem mesmo o receio de envergonhar o pai junto das suas relações, o impedia de se juntar oficialmente ao grupo.

À rua de Peletier acorreu uma multidão bem menos numerosa do que aquela que a curiosidade conduzira ao bulevar des Capucines dois anos antes. Berthe Morrisot, no entanto, a quem Edgar Degas incumbira da disposição das telas, fizera um bom trabalho, colocando as mais suscetíveis de cativar o público nas salas da frente e as mais controversas nas salas retiradas. Ela própria enviara dezanove pinturas para a exposição. Degas, que expunha numa sala das traseiras, tomara a iniciativa sem precedentes de incluir fotografias de trabalhos não expostos. As dezoito telas de Monet ocupavam uma das salas principais; entre elas, a *Japonesa,* retrato da esposa do pintor envergando uma cabeleira loira e um quimono vermelho vivo, destacava-se pelos tons imprudentes. Acabaria vendida por dois mil francos. A tela *No Café*, de Degas, foi comprada por um inglês de Brighton, que viria a exibi-la numa exposição de pintura moderna.

Mas a grande sensação da exposição foram *Os Polidores de Parquê*, a enorme tela de Gustave Caillebotte. Ninguém parecia ficar indiferente ao naturalismo da cena. Os músculos dos homens, quase táteis, de tão tensos. A sugestão fulgurante do cheiro a suor dos seus corpos, do aroma adocicado da madeira lascada. Mais de uma senhora enrubescia diante dos troncos despidos dos trabalhadores. Talvez a maior perturbação resultasse da cumplicidade latente entre o pintor e os polidores do chão do seu ateliê, já que o trabalho destes existia apenas por causa da arte do primeiro. Um pouco como a cumplicidade que existe entre um romancista e a sua personagem, pensa a Autora deste livro. Um pequeno detalhe parecia divertir especialmente o público: um dos polidores ostentava no dedo uma aliança. «Porque pôs uma aliança na mão do homem?», perguntou a Gustave uma senhora arruivada, de chapéu emplumado e olhos faiscantes debaixo do meio véu. Gustave hesitou. «Porque ele usava uma aliança, *madame*.» Fez uma vénia na direção da senhora e afastou-se.

Em relação à exposição no seu conjunto, os visitantes dividiam-se. Os simpatizantes da nova pintura elogiavam as escadarias amplas e os altos vestíbulos que conduziam à galeria luxuosa, iluminada por grandes lustres e forrada com tapetes de cor púrpura, por onde roçagava a seda das *toilettes* elegantes. Quando se corria o enorme cortinado de veludo que pendia do pórtico da galeria, o ceticismo desvanecia-se diante das cores vibrantes das telas. Para os opositores do grupo, o cenário era o inverso. *A rua Peletier tem azar,* escrevia o crítico severo do *Le Figaro*. *Depois do incêndio da Ópera, eis que um novo desastre se abateu sobre o bairro. Acaba de ser inaugurada na galeria de Durand-Ruel uma exposição que se diz ser de pintura. O transeunte inofensivo, atraído pelos estandartes que decoram a fachada, entra, e aos seus olhos horrorizados oferece-se um espetáculo cruel: cinco ou seis alienados, incluindo uma mulher, um grupo de infelizes atingidos pela loucura da ambição, marcaram aí encontro para exporem as suas obras.*

O jornal *L'Événement* referia-se com maldade a Caillebotte como *um milionário que pinta nos tempos livres*. Émile Zola acusava a precisão fotográfica dos *Polidores*, sentenciando severamente: *A cópia da realidade, quando não é sublimada pela marca original do talento artístico, é uma coisa triste*. Gustave recebeu as críticas com aparente bonomia, assegurando à mãe que estas não o feriam e protestando aos amigos que não deixaria de pintar. E não deixou. Talvez as contrabalançasse com os elogios recebidos junto dos outros pintores. Mas parecia-lhe que as suas obras ficavam sempre aquém dos seus intuitos; que todos em volta o percebiam e, de vez em quando, não sempre, mas em ocasiões suficientes, lho apontavam.

Apesar de tudo, venderam-se alguns quadros, adquiridos por proprietários de apartamentos grandes que necessitavam de os decorar por bom preço, ou por indivíduos que, embora não apreciando especialmente os borrões de tinta dos *intransigentes*, compreendiam as leis do mercado da arte e viam nos quadros expostos uma boa oportunidade de especulação sobre o futuro. O mundo ainda funciona assim, pensa algumas vezes a Autora deste romance; parece depender da sagacidade de uns quantos, mais aptos do que os outros a avaliar a arte que será reputada no futuro.

Os novos pintores foram capazes de pagar a Durand-Ruel os três mil francos de renda. Feitas as contas, recuperaram o que cada um tinha avançado e ainda embolsaram um dividendo de três francos. Quando o percebeu, Edgar Degas soltou uma gargalhada ácida. Talvez pensasse no montante ridículo do lucro obtido. Talvez percebesse que Gustave Caillebotte, cujos oito trabalhos expostos nem sequer constavam do catálogo e que praticamente financiara toda a exposição, se tornava subitamente indispensável, pela fortuna, pela dedicação à causa, pela relevância do seu trabalho, pela sua capacidade de organização. «Muito bem, meu amigo», aprovou Degas, dando a Caillebotte uma palmada enérgica no ombro. Mas um certo ressabiamento notava-se-lhe no modo como o lábio superior se franzia, compondo o trejeito taciturno que lhe era habitual.

Os documentos de Helena revelavam que, durante o verão, Gustave estreitou relações com o grupo dos impressionistas, entenda-se, começou a exercer junto deles uma generosidade tão discreta quanto dilatada. Comprou a Claude Monet *Um Canto de Apartamento* e *Regatas em Argenteuil* e foi-lhe adiantando largas quantias de dinheiro, que Claude aceitava sem reservas. «Compraste mais este?», perguntava René, despejando um olhar de desdém sobre a tela em que o pintor normando representara três barcos de vela desfraldada sob a forma de três manchas cercadas pelo azul baço do céu e pelo azul brilhante do rio. «Tens amigos talentosos, meu irmão...» «Mete-te na tua vida», resmoneava Gustave, em tom baixo, para que a disputa não fosse ouvida pela mãe. René, que não se coibia de esbanjar a sua renda em mulheres e jogo, considerava com alguma simplicidade que o patrocínio de Gustave era a forma de este conseguir ser aceite entre aquele grupo de pintores, mais velhos do que ele uma dezena de anos e quase todos miseráveis. No fundo, o irmão parecia-lhe ao mesmo tempo inseguro, condescendente e pedante.

«Nunca poderás entender como eles são geniais», repetia Gustave. René encolhia os ombros e ia escolher a gravata de seda que levaria à ópera.

Por esta altura, Gustave dividia-se entre a quietude dos serões passados na mansão onde morava com a mãe e os irmãos, em cujos pacatos rituais familiares achava o conforto morno dos lugares conhecidos, e os dias gastos no ambiente caloroso e barulhento dos cafés, onde se encontrava com os pintores seus amigos e se cruzava com críticos de arte, escritores, homens da imprensa, todos eles fervilhando de projetos, convicções e reivindicações. Havia algumas mulheres nesses sítios. Umas poucas artistas e outras quantas raparigas fáceis, que misturavam ao fumo dos charutos o aroma dos seus perfumes fortes e circulavam em busca de amantes. Pareciam carregar sempre no rosto uma ligeira expressão de desdém.

Os cafés frequentados pelos impressionistas ficavam perto de numerosos ateliês, como o de Manet, que arrendara um rés-do-chão no número 4 da rua de Saint-Petersbourg, mesmo ao pé da estação Saint-Lazare. Era um espaço vasto, de tetos altos, suavemente iluminado por quatro grandes janelas que davam para a rue Mosnier, de um lado, e para a Ponte da Europa, do outro. A galeria interior exibia nas paredes alguns dos quadros mais famosos de Manet, como *O Almoço na Relva*, *Olímpia* e *A Varanda*. O local ficava tão perto da estação que o fumo entrava pelas fendas dos caixilhos, e o chão tremia sempre que algum comboio chegava ou se afastava da gare. Ainda assim, apoiado nas costas do sofá carmim onde Édouard Manet costumava instalar-se, Gustave apreciava o seu último quadro. Manet pintara Berthe Morissot juntamente com Fanny Claus, uma amiga violinista, o pintor Guillemet e o seu filho Léon. Não obstante representar quatro indivíduos, três dos quais perfeitamente visíveis no enquadramento, o quadro de Manet era um retrato de Berthe, por quem, toda a gente sabia, estava apaixonado.

Também a Autora deste livro gosta especialmente deste quadro e da história que ele conta, ou dissimula. Berthe parece distante, quase zangada, os lábios apertados, o olhar duro e desviado ao longe, o leque vermelho à altura do peito. Na altura em que posara, Edma, a irmã querida com quem partilhava a intimidade e a pintura, estava noiva e iria casar-se em breve. Manet, que a rodeava de atenções e que ela também amava, era casado. Berthe sofria, e o seu sofrimento era visível na tela. E Gustave, que nem simpatizava especialmente com a pintora, mas compreendia o sentimento da solidão, desejou comprar o quadro, mas teve receio de a constranger.

Por vezes, os impressionistas reuniam-se no café Guerbois, um pequeno espaço povoado de escritores e artistas, aglomerados à volta de pequenas mesas de mármore, discutindo alto sobre literatura, pintura e política. Para chegar ao Guerbois, na rua des Batignolles, quer seguisse a pé, quer se deslocasse de carruagem, Gustave tinha de percorrer a rua de Lisbonne, continuar pela rua de Madrid até à Ponte da Europa, avançar pela rua de Saint-Petersbourg e chegar à praça de Clichy. A estrutura metálica da Ponte da Europa, reverberando sob os raios de sol, impressioná-lo-ia tanto que Gustave iria representá-la em mais de uma tela. Numa delas, trabalhada em versões sucessivas, o pintor acumularia um conjunto perturbador de sinais. «Veja bem», dissera Helena, «um homem, com as feições de Caillebotte, passeia pela ponte. Uma personagem feminina parece caminhar ao seu lado; vendo melhor, caminha um pouco mais atrás. Outra figura masculina, de costas para ambos, está debruçada sobre a grelha de metal. Não lhe vemos o rosto, não podemos supor-lhe o olhar. O homem cujo rosto é o de Gustave parece inclinar-se sobre a mulher; talvez esteja a falar-lhe; talvez não. Talvez se conheçam. Talvez o homem inclinado sobre as grades não seja indiferente à cena. Talvez seja para o corpo dele que o homem com o rosto do pintor olha com interesse.» Helena sorria ao dizer isto. A Autora sorria também, ao escutá-la. Talvez as dúvidas e os equívocos fossem todos intencionais.

A Autora sabe que este percurso entre o café Guerbois e o prédio de Miromesnil implicava que Gustave atravessasse diariamente uma zona da cidade onde várias ruas se intersetavam, numa espécie de cruzamento entre um bairro da Paris antiga, aquele em que Gustave se encontrava com os seus amigos, e um dos bairros modernos da classe alta. E a Autora, que reproduziu vezes sem conta esse trajeto, atravessando as mesmas ruas mais de um século depois, acredita que estas experiências, momentâneas, mas repetidas, fugazes, mas quotidianas, impressionaram o jovem pintor seu amigo, a ponto de ele as plasmar num dos seus mais famosos quadros, aquele que dá o nome a este romance.

E porque, ao lembrar-se de tudo isto, recorda também os mistérios que a fizeram reparar pela primeira vez na pintura de Gustave Caillebotte (as perspetivas cortadas e tensas; a tonalidade fantástica que parece imiscuir-se na realidade; o isolamento das personagens numa história impercetível e misteriosa), a Autora faz uma pequena pausa na escrita, porque se sente envolvida por uma emoção cuja intensidade nunca se sentirá à altura de explicar. «Caillebotte e as suas pinturas chegaram até nós como um enigma. Mesmo adotando uma visão realista, as suas telas apresentam uma atmosfera inquietante, como se nos dissessem que o quotidiano mais banal pode conter em si estranheza suficiente para abalar as nossas certezas.» Era Helena quem o repetia, sempre que se encontravam naquele café dos velhos. E, mesmo quando não lhe respondia, a Autora concordava.

Era o segundo ano depois da morte do pai Martial. No número 77 da rua de Miromesnil, os moradores preparavam-se para as cerimónias do dia de Todos os Santos. Iriam assistir à missa celebrada por Alfred e visitar o mausoléu da família no Père Lachaise. Céleste desenrolava as luvas sobre o braço emagrecido, no qual, nos últimos tempos, se observava sempre uma pequena tremura. Gustave e Martial, prontos para sair, aguardavam René, que na véspera chegara tarde a casa e que, de qualquer modo, era sempre o último a ficar pronto. Quando o irmão do meio entrou na sala, impecável no sobretudo de peliça, no chapéu alto, na echarpe de seda branca, na bengala encastoada, e se inclinou para beijar a mão da mãe, como um galante pedido de desculpa, Gustave não pôde deixar de pensar que o irmão era belo. Os olhos de um azul saturado, a barba aparada, as feições banhadas naquela espécie de sensualidade fina que escasseava na família. Mas parecia um pouco pálido, cansado; pensando bem, Gustave já o notara noutros dias e noutras ocasiões. Sem conseguir reprimir um esgar de reprovação, imaginou rapidamente os excessos de devassidão a que René andaria entregue. Mau grado seu, num frémito que lhe açoitou o ventre, ocorreu-lhe a imagem de corpos reclinados em leitos, amontoados em carícias, do próprio corpo do irmão, despido e transpirado. Sentiu-se corar. «Estou pronto!», exclamou jovialmente René. A mãe fingiu que o descompunha. «Já era tempo. Meu filho, como tens os lábios gelados!» «Lá fora já neva, minha mãe. Resguarde-se.» Céleste deixou as instruções ao mordomo, e partiram todos.

No regresso, René vinha calado, macilento, muito embrulhado na peliça. Queixou-se do frio, de uma dor no peito; quis logo deitar-se. Uma hora depois, quando o médico subiu à pressa a escadaria da mansão da rua de Miromesnil, já não havia nada a fazer.

Nos momentos a seguir à morte repentina de René, Gustave passou da incredulidade à revolta, da angústia ao pavor. Ali estava o quadro do *Rapaz à janela,* representado quase em tamanho natural, lembrando que ainda uns dias antes o irmão respirava, gesticulava, protestava pela duração da pose, semicerrava os olhos, porque sentia no rosto o brilho do sol. «Temos o coração fraco nesta família», comentou Martial. «Temos», concordou Gustave. Alfred chegou à mansão com lágrimas no rosto; Céleste caiu-lhe logo nos braços. «Parecem mais mãe e filho do que madrasta e enteado. Ela abraça-o com mais calor do que a qualquer de nós», pensou Gustave, censurando-se logo de seguida por ser esse o pensamento que o invadia na ocasião.

Na mesma noite, enquanto o velório de René se fazia sob as orações do meio-irmão, Gustave recolheu ao quarto. Dentro de si, crescia uma dor, agitavam-se memórias, imagens confusas e desgarradas. Os olhos muito abertos nos cadáveres despedaçados dos companheiros mortos durante a guerra franco-prussiana. Um René imberbe, de peito franzino, a mergulhar no caudal frio do Yerres e a gritar para os outros que a água estava boa. Numa decisão repentina, sentou-se à escrivaninha, tomou a pena e redigiu o rascunho do seu testamento, que depositaria dois dias depois num notário de Meaux.

O testamento de Gustave Caillebotte era nítido, sem fraseados, denunciando o pragmatismo do seu temperamento e os conhecimentos avisados do licenciado em leis. Auguste Renoir era apontado como o seu executor testamentário. A passagem relativa ao legado é muito conhecida, por estar transcrita em praticamente todos os manuais de pintura impressionista e todos os livros sobre Caillebotte: *Lego ao Estado a coleção que possuo, mas, como desejo que este legado seja aceite e seja aceite de tal modo que estes quadros não sejam enviados para um sótão, nem para um museu de província, mas sim para o museu do Luxemburgo e mais tarde para o Louvre, será necessário que decorra um certo tempo antes da execução desta cláusula, até que o público, não digo compreenda, mas admita esta pintura. Esse tempo poderá ser de vinte anos ou mais; enquanto isso, o meu irmão Martial e, na sua falta, um outro dos meus herdeiros, conservá-los-á...*

Sempre que surge citada, e a tese de Helena não era exceção, esta passagem suscita comentários relativos à generosidade e à perspicácia de Gustave Caillebotte, consciente das dificuldades de receção da pintura impressionista, ciente dos riscos, dos rasgos, das armadilhas do tempo. E é verdade. Porém, à Autora deste livro, o que temos de levar à conta da sua afeição por Gustave, estas palavras do amigo, sempre que as relê, fazem-na pensar em como deve ser uma posição solitária a dos homens e mulheres que, vivendo no seu tempo, estendem pontes entre o passado e o futuro.

René, esse, não tinha feito testamento, e foram os irmãos que se viram incumbidos de abrir as gavetas da sua escrivaninha e juntar os papéis necessários para resolver o problema da sua sucessão. O jovem não deixara nada senão um vasto guarda-roupa, um monte de tesouras e navalhas de barba com cabos de marfim, uma coleção de retratos de atrizes, sorridentes e voluptuosas, metidos numa caixinha de prata, e uma prodigiosa coleção de livros, alguns ainda encaixotados, outros pousados em mesas, outros atirados para as estantes. Ao examinarem os volumes, a fim de decidirem o destino a dar-lhes, Martial e Gustave descobriram, com uma surpresa que, de certo modo, os distraía do desgosto, o quanto as preferências do irmão haviam sido variadas. Entre os poetas e romancistas do seu tempo, como Musset, Baudelaire, Mallarmé e Balzac, René reunira um conjunto de romances traduzidos de línguas europeias. No meio dos títulos extravagantes, descobriram, por exemplo, *La fièvre des âmes sensibles* ou *Rivière de l'oubli*. «Nunca ouvi falar de nenhum», comentou Gustave. «Nem eu», confirmou Martial.

De resto, René deixava um montante de dívidas acumuladas de quase sessenta mil francos: catorze mil francos de adiantamentos sobre a herança paterna; um empréstimo de trinta mil francos contra um dos seus apartamentos na rua des Deux Gares; letras passadas à mãe, ao alfaiate, ao livreiro e a numerosos fornecedores de luvas, isqueiros, chapéus, colarinhos, tinteiros de prata, frisas nos teatros. Seguindo Alfred a carreira eclesiástica, tendo René morrido sem filhos, sendo Gustave e Martial ainda solteiros, o sonho de uma descendência larga do velho pai Martial parecia desmoronar-se. Também, pouco importarão os sonhos dos homens quando eles já não estão vivos para os vigiar, pensa a Autora deste livro, enquanto Gustave e Martial, de rostos pálidos e mangas arregaçadas, continuam a arrumar os papéis do irmão, pesarosos e embaraçados por estarem a revolver a sua intimidade.

Embora, dos três irmãos, René fosse aquele com quem menos convivia, Alfred experimentou diante da morte precoce e inesperada do jovem aquela espécie de assombro que nos atinge diante das catástrofes incompreensíveis. Condoeu-se muito com o sofrimento de Céleste, que, como frequentemente sucede com as mães, amava especialmente o filho rebelde, e tentou consolá-la usando todos os recursos da piedade e da religião ao seu alcance. Apesar de a sua fé em Deus se manter inabalável, Céleste começou a precisar de umas gotas diárias de láudano para conciliar o sono. Muitas vezes, eram Gustave e Martial que se abasteciam numa farmácia da rua Clapeyron, situada num cruzamento de ruas que Gustave bem conhecia.

Pode ter sido. Deve ter sido. Foi durante uma dessas incursões, numa tarde chuvosa, que Gustave recebeu a inspiração para a criação da tela com que se distinguiria na terceira exposição impressionista organizada pela sociedade anónima de artistas pintores, escultores e gravadores. Um aguaceiro caíra de repente, obrigando as senhoras que seguiam a pé a lançar olhares desesperados, procurando em redor um refúgio, um alpendre, uma carruagem. Um senhor ofereceu o abrigo do seu guarda-chuva a uma senhora desorientada. O homem não era bonito nem elegante, mas ela sorriu e aceitou a oferta. Foi certamente aí que Gustave foi buscar a ideia de se instalar no alto da rua de Turin para representar a praça de Dublin, a rua de Moscou (à esquerda), a rua Clapeyron (ao centro) e a rua de Turin (à direita), com a rua de Saint-Pétersbourg, fora do enquadramento, a ser apenas sugerida.

O pintor atentou na disposição das ruas e no modo como formavam um feixe de linhas diagonais. Observou o candeeiro, as linhas de altura dos prédios, o ferro do toldo à direita, e pensou que eles lhe proporcionariam um conjunto de eixos verticais. Rua e passeio poderiam ocupar duas metades idênticas da tela, materializadas pelo candeeiro. O ponto de fuga poderia situar-se quase ao centro, marcado por uma ou duas figuras que se afastassem. «Tal como Degas, Caillebotte tinha por hábito fazer desenhos preliminares ou utilizar fotografias para estabelecer as formas dos seus quadros. Só depois transferia a imagem para a tela, previamente dividida nas suas proporções.» Helena escrevera-o num *email*. «Caillebotte terá regressado ao local em várias ocasiões, esboçando desenhos e esquissos preparatórios, hoje dispersos por coleções particulares e alguns museus de menor expressão.» Tudo isto sabia Helena. Mas não sabia daquela tarde de sábado, em novembro ou dezembro, que foi recordada no princípio deste livro.

O artigo que Helena enviara anexado à mensagem já tinha uns anos, devia datar da época da sua vida anterior a Francisco, a época em que o amor absoluto ainda não chegara, mas em que as ausências e os lutos eram ainda suportáveis, e a Autora não deveria ter dificuldade em encontrá-lo sem a sua ajuda. A partilha era, pois, mais um pretexto para alimentar o diálogo. E a Autora lembrou-se de Helena, dos seus olhos um de cada cor, das suas mãos desamparadas, e sentiu o ímpeto de lhe telefonar, de a arrancar ao inverno em que ela permanecia, ao buraco negro em que ela vivia mergulhada, nem que fosse por umas horas. Bastaria um gesto, uma palavra, a proposta de um encontro que obrigasse a outra a vestir-se, a sair de casa, a andar pelas ruas, a assumir os comportamentos da normalidade. Apesar de tudo, protelou o telefonema, releu a mensagem e abriu o ficheiro. Era uma explicação do quadro *Rua de Paris em Dia de Chuva*.

Segundo Helena, a tela, muito estruturada, dividia-se em quatro partes simétricas. Enquanto, na parte esquerda, o olhar do espectador se dirige ao longe, para os prédios do fundo, à direita, e em primeiro plano, o olhar é atraído pelas personagens. A linha de horizonte encontra-se ao nível dos olhos destas e perto do meio da altura do quadro. Assim, as personagens em primeiro plano, de dimensões reais, conduzem o espectador para dentro do quadro. Como se o pintor fizesse parte da cena, num espaço que não permite qualquer recuo, o que já sucedera em algumas telas de remadores pintadas em Yerres. Como se, o que viria a acontecer muitas vezes nas pinturas de Caillebotte, o espectador participasse no quadro, um transeunte como os outros, seguindo uns passos atrás do homem prestes a colidir com a senhora.

O casal elegante, de braço dado, avança na nossa direção. Não são casados; a mão esquerda do homem não traz aliança. Não deixam de ser um casal, reunido sob o único guarda-chuva do quadro que abriga duas pessoas. Olham para a nossa esquerda, obedecendo ao mesmo impulso, distraídos por um acontecimento ou uma presença que nos escapa, e assim não veem o homem que lhes surge de frente, no passeio, e que parece parar para encarar a mulher, mesmo antes da colisão dos guarda-chuvas. Outra colisão que se adivinha, a do homem à esquerda, a cabeça abaixada sob o guarda-chuva inclinado, prestes a embater no candeeiro. Todas as características da Paris de Haussmann ressaltam da tela. Graças à perspetiva larga, vemos as fileiras de edifícios que se alinham ao longo dos novos eixos de comunicação e que desembocam numa interseção em estrela. As ruas, espaçosas e pavimentadas, exibem as comodidades da era moderna, como a iluminação pública e os passeios elevados em relação às sarjetas, para que as rodas das carruagens não incomodem os passantes. As novas construções são residências elegantes ou desempenham uma função comercial, como a farmácia. Pendendo como um esqueleto, a silhueta de um andaime, ao fundo da rua de Moscou, simboliza a cidade que continua a sua renovação. Mas o velho candeeiro dos anos de 1840, perfeitamente fora de moda, lembra a persistência do passado, como uma relíquia da cidade antiga.

A análise de Helena era perfeita. Não admirava que tivesse escrito uma tese impressionante e que a sua carreira só tivesse sido interrompida por força das circunstâncias que a tinham obrigado a uma baixa médica prolongada. Mesmo assim, depois de ter lido a explicação de Helena, depois de ter olhado tantas vezes o quadro, ele continuava a dizer coisas novas à Autora deste romance. Apesar da organização assética das ruas e da elegância do estilo de Haussmann, Gustave Caillebotte pintara uma imagem melancólica da cidade. Uma Paris em renovação, cinzenta, esplendorosa, imponente, monótona, onde todas as personagens pareciam anónimas e desenraizadas, vestidas de modo igual e abrigando-se sob resguardos idênticos. Uma floresta de guarda-chuvas destinados a tocarem-se, prenderem-se, soltarem-se, empunhados por indivíduos que se cruzavam ou seguiam lado a lado, mas que caminhavam fechados em si próprios e envolvidos em solidão.

E, ao mesmo tempo, a Autora fascinava-se diante dos tons sóbrios, as formas sólidas, a composição organizada, o cuidado posto nos detalhes, nos reflexos da chuva no passeio e no pavimento das ruas, na representação complexa da luz após um aguaceiro. Um fragmento de tempo captado, porque todos os transeuntes e os veículos prosseguiriam no seu movimento, a água iria evaporar-se das pedras da calçada, e o sol já se adivinhava nas ténues notas de azul e amarelo rosado que começavam a tingir as nuvens, anunciando o fim do aguaceiro. A perspetiva cortada conferia ao cenário realista uma aura de estranheza, sublinhando o enigma contido no olhar das personagens, desatentas à presença do espectador. Algumas pequenas notas de luz e de brilho esvaíam-se do quadro: o letreiro dourado da farmácia, ao fundo; um pormenor vermelho no pescoço de uma das mulheres que se afastavam de costas; a pérola no brinco da mulher. Mas era muito pouco em relação ao cinzento que dominava o cenário.

A Autora terminou a leitura, fez algumas anotações e estendeu a mão para o telefone. Poderia ir ter com Helena ao café dos velhos ou levá-la num passeio pela cidade. Contornariam as ruas mais concorridas, as esplanadas ruidosas onde se concentravam os turistas, evitariam os risos berrantes dos que são estrangeiros à cidade e desceriam por ruelas estreitas que a Autora conhece bem, por ter vivido nelas em menina, até à beira rio, de onde espreitariam os barcos balouçando devagarinho sobre a água. Mas logo se interpôs nesse desígnio a lembrança de que viu *Rua de Paris em Dia de Chuva* pela primeira vez aos vinte e nove anos, a mesma idade de Gustave quando pintou o quadro. E distraiu-se a pensar que é por isso que vale a pena escrever livros, para poder conversar à distância com aqueles que amamos e que não são do nosso tempo. Que triste e pobre seria a vida se as nossas afeições estivessem limitadas àqueles com quem nos cruzamos realmente. Que longos nos pesariam os dias se aqueles que morreram antes de nós estivessem mesmo ausentes.

Por uma estranha associação de ideias, lembrava-se agora de ter lido algures que os críticos da época não deixaram de troçar da impressão de *escorregadela* provocada pelo quadro. Lembrou-se disso e sorriu. Acabava de recordar que, na realidade, o cruzamento de ruas de Paris representado na tela de Caillebotte possuía ainda uma inclinação ligeira, a qual o pintor restituiu admiravelmente, um século e meio antes.

O dia passou. Helena viveu-o sozinha, decerto. À noite a Autora ainda pensava nela e no telefonema que não tinha feito, com um misto de culpa e de crueldade. Quase assustada com a nitidez da imagem, imaginava a outra em sua casa, talvez na sala, estendida sobre um divã. O corpo esmaecido estava despido debaixo da manta que o cobria, e os olhos, um castanho, o outro verde, brilhavam na obscuridade, refletindo o clarão de um televisor ligado sem som. Havia lágrimas escorrendo-lhe pela face. Um gato de pelo amarelado poderia aproximar-se, trepar ao divã, aconchegar-se junto do corpo da mulher só. Mas Helena já contou à Autora que não tem gatos e, de toda a maneira, pelo menos agora, esta não estaria disposta a conceder-lhe esse conforto.

9

Nesse trajeto quotidiano entre uma vida familiar cada vez mais delapidada e o mundo exterior e efervescente em que convivia com os artistas abertos à modernidade, o pintor Gustave Caillebotte dividia-se entre as cenas de interiores e as vistas de rua de uma Paris em mudança. O desgosto da mãe, calado e persistente, impressionava-o e comovia-o. Viria a captá-lo numa tela perturbadora. O *Retrato da Senhora Caillebotte* mostra uma mulher envelhecida, de luto carregado, sentada numa poltrona. O cenário luxuoso que a rodeia é sugerido por pequenas notas de cor: a lareira em mármore e as estatuetas douradas atrás de Céleste, os braços vermelhos da poltrona estofada. Imersa em silêncio, banhada por uma luz difusa que lhe ilumina apenas as mãos e o rosto, cujos traços são minuciosa e impiedosamente detalhados, a viúva de Martial e mãe desgostosa de René parece concentrada no seu bordado, totalmente alheia à presença do pintor. De todas as vezes que reencontra este retrato, a Autora sustém a respiração, porque espera a todo o momento que a mulher de rosto lívido e feições contraídas liberte a sua amargura num grito, um grito doloroso como aquele que um jovem norueguês, cuja obra ela também aprecia, pintaria quase vinte anos depois.

Usando de um expediente usual nos que sofreram uma perda, Gustave aplicou-se mais do que nunca no seu trabalho. Também Helena o fizera aquando dos seus primeiros lutos, pensava a Autora. Sublimara o desgosto pela morte do irmão e da mãe desdobrando-se em aulas e artigos científicos. Depois, conhecera Francisco, Francisco morrera, e o verdadeiro amor, logo seguido pelo imenso luto, tinham-na deixado desmunida diante do sofrimento. Consultas de psiquiatria, medicamentos, pensamentos suicidas. O frasco de comprimidos pousado no armário da casa de banho.

Gustave empenhou-se na organização de nova exposição impressionista. Não seria fácil. As dissensões aumentavam dentro do grupo, estimuladas pelas dificuldades financeiras de quase todos, apesar da ajuda de alguns mecenas, incluindo o próprio Gustave. Degas defendia que se recrutassem novos membros e se encontrassem novos locais de exposição. Pissarro continuava obstinado em definir a identidade política do grupo. Monet, ainda que cético em relação ao futuro, acreditava que o grupo deveria centrar-se nos seus membros iniciais, a fim de preservar a integridade. Gustave repetia um encorajamento, que era a promessa de um patrocínio constante. «Esta exposição vai acontecer. Tem de acontecer.»

Com a ajuda de Maurice Brault, Gustave encontrou o local ideal num apartamento no número 6 da rua Le Peletier, e avançou o montante da renda. Reuniu as listas de expositores, avaliou os seus contributos, escolheu as obras, desenhou o catálogo. Pagou os convites e os anúncios na imprensa. Juntamente com Monet, Pissarro e Renoir, de quem se sentia cada vez mais próximo, organizou a disposição dos quadros. Emprestou oito quadros da sua coleção: três Degas, um Monet, três Pissarros, um Renoir. Entretanto, arrendara um apartamento perto da gare de Saint-Lazare, para que Monet pudesse pintar a estação, as suas linhas férreas e as vigas da

Ponte da Europa, completando, assim, um grupo de telas previstas para a exposição. De vez em quando, acudiam-lhe à lembrança as palavras de René, quando o irmão morto o acusava de estar a comprar a amizade dos seus pares. Não fará o mesmo Helena, pensa a Autora, acenando-lhe com documentos, retratos, revelações?

Os visitantes da terceira exposição impressionista entravam num prédio recém-construído, cujos rebocos ainda estavam estucados de fresco. O grupo decidira pendurar *Ponte da Europa, Os Pintores de Fachada* e *Rua de Paris em Dia de Chuva* ao lado das novas paisagens urbanas de Monet. Mas, enquanto as enormes telas de Caillebotte revelavam uma pintura controlada, contida, reflexiva, os quadros de Monet exibiam a pincelada rápida e espontânea, a justaposição complexa de cores.

Na mais bem-sucedida e representativa exposição de sempre do grupo, *Rua de Paris em Dia de Chuva* viria a ser a tela mais comentada, pela perspetiva inusitada, pela representação realista do ambiente chuvoso, pela sua escala ambiciosa e desmesurada, que críticos, académicos e público em geral ainda associavam a temas históricos ou mitológicos. A arte de Manet e de Degas fazia referências indiretas aos efeitos psicológicos da renovação urbana. Monet, Renoir e Pissarro integravam vistas da nova cidade nas suas construções de luz e cor. Mas os quadros de Caillebotte interpelavam diretamente os habitantes da nova e esplendorosa Paris de Haussmann. A Paris da especulação imobiliária que fizera a fortuna do seu pai e lhe assegurava os rendimentos. A Paris dos novos-ricos como ele. A Paris contemporânea que ele podia observar e pintar quanto quisesse, sem prestar contas a ninguém. E até o naturalista Émile Zola, que até então tinha sido duro a respeito do trabalho de Caillebotte, observou

Rua de Paris em Dia de Chuva e emitiu a respeito do quadro uma opinião bem mais favorável. *Quando o seu talento se amaciar um pouco mais, o senhor Caillebotte será certamente um dos mais audaciosos do grupo.*

Com a chegada do verão, a tristeza da viúva Caillebotte atenuou-se entre os dias compridos de Yerres. Ao longo desses meses, Gustave iria pintar os amigos recebidos na propriedade, o jardim, a horta, a relva do parque, os banhistas, as canoas, os remadores no rio, os troncos inclinados das árvores, as folhas sacudidas sob a brisa. A Autora deste livro aprecia particularmente as representações do curso do rio, misterioso, luminoso, mutável. Quando não estava contente com os efeitos, segundo lhe explicou Helena, Gustave não raspava as suas aplicações de tinta, como fazia Édouard Manet, por exemplo; pelo contrário, acrescentava camada sobre camada, adensando a espessura das águas, dramatizando a presença do caudal, já de si reforçado pelo enquadramento severo da folhagem.

Gustave comprara *O Almoço*, de Monet, e reparara no modo como o amigo contornara as dificuldades de pintar rapidamente uma tão grande tela ao ar livre, antes que a luz mudasse. A ousadia de Monet inspirou-o a usar Martial e uma prima como modelos. Mandou o irmão sentar-se numa das cadeiras de jardim, que tantas vezes apareceriam nos seus quadros. Vemo-lo de costas, a ler o jornal. A prima de ambos, Zoé, está de pé, inclinada sobre os vasos onde cresciam as laranjeiras, que Gustave ajudava a podar, segurando uma folha de papel na mão. Martial veste de branco; Zoé usa uma saia curta; roupa de férias, sinal de intimidade. As poses de ambos sugerem que cada um está absorvido nos seus pensamentos e nas suas leituras. Aproveitam a tarde de calor, denunciada pelo contraste entre a sombra, escolhida pelos dois primos, e a parte exposta aos raios solares, que incidem sobre a porção visível do relvado, onde se destaca um cão a dormir e o canteiro de flores, acendendo os verdes, os vermelhos, os brancos.

Noutra ocasião, Gustave reuniu as senhoras que se encontravam na propriedade para um retrato coletivo. Sentadas diante do Casino, aproveitando a sombra proporcionada pelas laranjeiras, as senhoras ocupam-se com as distrações típicas das mulheres burguesas no século XIX. Em primeiro plano, Marie Caillebotte, a rapariga cujo vestido de mangas compridas e decote chegado esconde pudicamente o colo e os braços, está a bordar. Ao fundo, um pouco retirada, Céleste Caillebotte lê o seu missal. No plano intermédio, sentada no banco de madeira, a senhora Hue, amiga da família, costura diante da senhora Charles Caillebotte, tia de Gustave, mãe de Marie e de Zoé. Esta última não surge no retrato, mas o quadro ser-lhe-á oferecido como presente de casamento. Os objetos, os bordados, o livro, o cesto de flores sobre a mesa, são definidos com pinceladas rápidas.

Com exceção da jovem Marie, todas as mulheres vestem de luto. A senhora Hue é viúva. Ambas as cunhadas perderam recentemente um filho. Os pássaros chilreiam, e é o único som que se ouve, para além do rumor muito leve da folhagem e do pincel de Caillebotte a arranhar suavemente a tela. Marie volta-se devagarinho, pergunta se falta muito. O tom é gentil, quase tímido, muito diferente do que René empregava quando fazia a mesma pergunta; ainda assim, Gustave sobressalta-se. A voz da rapariga é tão nítida que a Autora deste livro quase sente o ímpeto de lhe responder, mas é Gustave quem sorri e diz que está quase. A cena é tranquila e agradável. Sente-se a brisa a passar, num sopro insidioso e morno. Evoca ausências, solidões, distanciamentos.

Durante esse verão, Gustave pintaria os últimos quadros que tomam como cenário Yerres. Em outubro desse ano, Céleste apanharia uma febre perniciosa da qual, em poucos dias, viria a morrer.

10

Quatro meses depois da morte de Céleste, transcritos, rubricados e assinados todos os documentos, os dois filhos sobrevivos viram-se na posse completa da sua herança, incluindo as propriedades que estavam salvaguardadas, segundo a vontade do pai. Aos trinta anos, Gustave era senhor de uma fortuna considerável, que deveria permitir-lhe viver sem preocupações e pintar sem necessidade de vender os seus trabalhos. Com parte dessa fortuna, iria financiar exposições e ajudar os seus companheiros artistas, entre os quais Claude Monet, Auguste Renoir e Camille Pissarro, comprando-lhes obras e pagando-lhes a renda. Com a outra parte, iria custear as múltiplas atividades pelas quais era apaixonado, incluindo velejar, construir iates, colecionar selos raros e cultivar orquídeas.

Sentindo que chegavam a um daqueles pontos de viragem da vida, um daqueles momentos em que se corta com o passado, Martial e Gustave, elevados à categoria de milionários, decidiram vender a quinta de Meaux, o prédio da rua de Miromesnil e, finalmente, a propriedade familiar de Yerres, instalando-se num apartamento espaçoso no quarto andar do número 31 do bulevar Haussmann, com vista para a nova Ópera. Dispostos a romperem com o cenário em que tinham vivido, primeiro, em razão dos hábitos austeros do velho pai, depois, por causa do recolhimento imposto pelos lutos sucessivos, escolheram para a sua nova casa paredes claras, lambris cinzentos e dourados, móveis de linhas direitas e delicadas. Sem nenhuma mágoa aparente, Gustave abandonou o seu ateliê, onde conhecera os polidores de parquê e os registara num quadro, onde terminara *Rua de Paris em Dia de Chuva*. Passaria a pintar no apartamento que partilhava com o irmão, algumas vezes no salão, outras, na varanda. Retratos dos seus amigos, tendo como cenário o apartamento dos irmãos Caillebotte, ou perspetivas inusitadas da cidade, mas já não as imagens largas explorando o movimento das ruas. Pintaria também um nu, o retrato de uma das raparigüinhas que conhecera nas idas espaçadas aos bordéis elegantes, por quem, ao contrário de muitos dos seus amigos, nunca se deixava seduzir, ciente de que os sorrisos e as carícias com que era recebido faziam parte do cumprimento de uma função, mas que no fundo o enterneciam, por lhe parecerem todas profundamente tristes. *Nu num Divã* é o nome do quadro. A rapariga reclinada sobre o sofá do apartamento dos Caillebotte, de joelho dobrado, rosto meio oculto pelo cotovelo anguloso e corpo oferecido na sua magreza e palidez, não sugere beleza nem graça. Mas o cabelo pintado, as roupas amassadas sobre o sofá, o par de botinas cambadas pousadas no soalho, contam uma história. Essa história, tal como todas as outras contadas nas telas prontas durante este período, Gustave arrumá-la-ia simplesmente num quarto dos criados. Por desinteresse ou por qualquer outra razão inexplicada, também não será a Autora deste livro a querer contá-la.

O apartamento do bulevar Haussmann tornou-se uma espécie de clube íntimo, permanentemente aberto aos amigos, como se os dois irmãos, amputados nas suas relações familiares, sentissem a necessidade não só de estreitar a relação entre ambos, mas de se rodearem de outras presenças fraternas. O companheiro de infância Maurice Brault achava-se lá quase todas as noites. Richard Gallo e Paul Hugot, amigos da família Caillebotte desde o tempo do pai Martial, eram visitantes assíduos. Também aparecia um jovem médico nascido no Louisiana e escritor nas horas vagas, chamado Édouard Dessommes, que por vezes se fazia acompanhar de um jovem corretor da bolsa, André Cassabois. Alguém trazia à baila os assuntos políticos da semana. À medida que os pratos e os vinhos se sucediam, quando as opiniões se tornavam mais veementes, Paul, que era colecionador, bocejava e desviava a conversa para temas artísticos, pedindo a Gustave uma ou outra sugestão de investimento. Richard, recém-casado, consultava regularmente o relógio, dividido entre a vontade de permanecer com os amigos e o desejo de regressar à sua jovem esposa. Martial, o mais silencioso, fazia-se ouvir sobretudo através do seu piano *Érard*. Prelúdios de Chopin, melodias de Schubert, uma ou outra das peças que compunha.

Vivendo no coração da nova Paris, detentor de uma fortuna que lhe permitia usufruir plenamente dos seus luxos, Gustave deixaria uma visão ambivalente a respeito da sua riqueza. Ele, que proporcionava aos seus amigos jantares abundantes, repletos de iguarias requintadas, acompanhados por bons vinhos, iria celebrar com ironia esses ingredientes caros numa série original de naturezas-mortas, ostentando as mercadorias à venda nas lojas do bairro. Lebres, faisões, patos, cortes de vitela, pendendo em frescura dos ganchos de metal de uma montra, à espera de irem parar à mesa dos privilegiados. A vitrina de uma frutaria, os frutos limpos, polidos, dispostos sobre quadrados de papel, num equilíbrio de formas e cores, como um elogio indireto aos métodos modernos de agricultura e transporte. Pelas telas produzidas entre 1881 e 1882 desfilarão bolos, pastéis, doces extravagantes, dispostos em travessinhas de porcelana, num apelo ao prazer do palato. Ostras, lagostas, lavagantes, e os molhos e condimentos que os temperavam, já postos sobre a toalha de linho, rodeados pelos talheres de prata e pelo serviço de porcelana em que seriam servidos, sugerindo a complexidade e o requinte do ritual de serviço. E, como em tudo isto havia também um acento de humor, Gustave, sorrindo da própria ousadia, pintaria ainda uma peça de bovino exposta no balcão de um talho, enfeitada com uma rosa, exatamente como, alguns anos mais tarde, a escritora Rachilde haveria de contar no seu romance *Madame Adonis*.

Contemplando agora o seu amigo, a Autora encontra-o no auge do talento, na força da idade, e esperaria que ele sentisse mais do que nunca uma vontade indómita de pintar. Mas ela sabe que os desígnios dos homens esbarram muitas vezes contra a realidade que lhes é imposta, e que, no caso de Gustave, seria a dos lutos sucessivos, da solidão amorosa, da espécie de perturbação causada pela atração que sentia por alguns homens, do receio de que o seu talento ficasse sempre muito aquém da genialidade e até do sentimento de inutilidade social que lhe corroía o coração de milionário desocupado. Sofreria Gustave de depressão, como Helena? Ou seria apenas uma alma diletante, com ambições vagas, entusiasmos passageiros, desejos inconsequentes?

Vendo-se na necessidade de se ocupar, Gustave encontraria um passatempo na coleção de selos. Nos anos seguintes, os irmãos Caillebotte, o pintor e o músico, passariam as manhãs a reunir uma extraordinária coleção de selos, numa parceria bem-sucedida, assente no mesmo gosto pelo detalhe, no mesmo temperamento pacato e disciplinado. A filatelia atraía cada vez mais adeptos, apresentando-se como uma boa forma de investir capitais. Gustave e Martial não deixavam de se escudar nesse argumento, mas gostavam sobretudo da obrigação da minúcia e do trabalho obsessivo, o mesmo que levara o seu tio-avô Nicolas a compulsar listas inesgotáveis de documentos e a redigir versões sucessivamente refundidas e acrescentadas da história da sua terra natal. Martial manipulava a pinça e organizava os álbuns. Gustave examinava à lupa os detalhes do selo, em busca de eventuais falhas, habituando-se a distinguir os defeitos que diminuíam o seu valor filatélico das variedades que, pelo contrário, o aumentavam. O mesmo selo, dez, cinquenta, cem vezes impresso, as ínfimas variedades de cor, de recorte, de filigrana, de obliteração, de espessura, as cercaduras, os recortes serreados, e depois os defeitos de impressão, de tiragem, as mínimas deteriorações. O olhar do pintor iluminava-se e espraiava-se sobre a sua coleção como na composição de um quadro.

Longe de partilharem a paixão filatélica dos irmãos Caillebotte, os amigos de visita ao apartamento debruçavam-se sobre a coleção, extasiavam-se um tanto, comentavam o suficiente para parecerem delicados e depois propunham que se fumasse ou jogasse às cartas. A grande tela *Jogo de Cartas*, pintada por essa época, representa um grupo de homens elegantes e ainda jovens, descontraidamente reunidos em torno de uma mesinha. Dois deles efetivamente jogam. Outros três observam. Um último, mais atrás, deixou-se adormecer num sofá. Helena escreveu, claro está, sobre este quadro, num dos artigos que a Autora relê. O retrato de grupo é simples e descontraído; não deixa de evocar as antigas cenas de jogo dos mestres holandeses, ainda que num tom mais realista. Os retratados foram todos identificados. Maurice Brault, sentado à esquerda, de monóculo, concentrado na sua mão, e Martial, sentado à direita, fumando cachimbo, são os jogadores. Édouard Dessommes, sentado de perfil, Richard Gallo, de pé, as mãos nos bolsos, e André Cassabois, quase de frente para nós, são os observadores. Adormecido no sofá vermelho, está Paul Hugot. Helena di-lo; a Autora vê-o. E Gustave, como quase sempre, de fora e invisível, pressente-se por detrás do quadro.

De súbito, a lembrança de Helena interpõe-se na cena, distraindo a Autora do ruído ligeiro e levemente áspero das cartas a serem lançadas. O aroma doce dos cachimbos de Martial e André, que ainda há instantes a inebriava, já mal se distingue. A Autora pergunta-se porque se impede de simpatizar mais com aquela mulher da sua idade, com quem tem, afinal, tanto em comum. Poderia telefonar-lhe agora, talvez não agora, porque já é muito tarde, mas escrever-lhe nessa noite. Ser ela, por uma vez, a fazer um apelo, a estender a mão, a partilhar um pensamento. Mas a Autora já escutou toda a história de Helena e já lhe intuiu todas as parcelas de sofrimento. «Luto patológico», repete Helena, frequentemente. E a Autora desculpa-se com a ideia de que, enquanto conseguimos dar um nome à razão do nosso sofrimento, é porque ainda não estamos completamente loucos. Talvez Helena não precise assim tanto dela.

Nessa noite, por uma vez, deixa de lado os papéis sobre Gustave Caillebotte e decide ir ao cinema. O filme que escolhe e visiona numa sala quase vazia é uma evocação lírica da vida da poetisa Emily Dickinson. A Autora aprecia a recriação de um certo ambiente doméstico, a nota tranquila e recolhida de erotismo. Já em casa, procura o verbete sobre Dickinson num dicionário de literatura. Aí, constata que Emily morria de nefrite no mesmo ano e no mesmo mês em que um tal James F. Sutton, americano, expunha em Nova Iorque cerca de trezentas telas de artistas impressionistas, entre as quais algumas de Caillebotte. Isso basta para que a Autora, em quem as coincidências do acaso assumem por vezes a condição de sinais, estenda a mão para o único livro de Emily Dickinson que tem na estante e vá em busca dos poemas nos quais se fala de um certo mês de junho em que se corta o trigo, das amplidões de aurora que, à noite, atingem de súbito os homens, de um verão longo de dias compridos, dos gorjeios ondulantes que a brisa arrasta.

Helena, a poucos quilómetros de distância, talvez espere pela Autora. Mas esta, contemplando o retrato de Emily, murmura à rapariga que a olha do passado, de lábios meigos e olhos misteriosos: espera por mim, eu chego já.

O inverno de 1879 foi muito frio. Nevou tanto que a circulação dos comboios foi restringida e as carruagens que ousavam sair à rua arriscavam-se a tombar a qualquer momento no pavimento escorregadio. No café Nouvelle Athènes, aquecendo as mãos em torno da salamandra, Edgar Degas e Gustave Caillebotte debateram os planos para uma quarta exposição impressionista. Degas propunha excluir todos aqueles que expusessem no Salão Oficial, acusando-os de traição. Caillebotte hesitava, ciente de que essa decisão implicaria a exclusão do seu amigo Renoir, cujo retrato da senhora Charpentier com os filhos, contra todas as expectativas, fora muito apreciado pelo júri. Ambos, no entanto, concordavam que o grupo deveria introduzir novos talentos. Paul Gauguin, um rapaz que viajava pelo mundo e usava cores intensas na sua pintura, seria um deles; outra a expor novamente com o grupo deveria ser Mary Cassatt. Gustave apreciava Mary, a sua voz metálica, o sotaque atroz com que pronunciava o francês e, sobretudo, o rigor que punha no trabalho. Mas, se os talentos de Mary e de Gauguin eram inegáveis, todos os outros que Degas sugeria podiam ser vistos como pintores menores. «Devemos incluir sangue novo, meus caros!», sentenciou Pissarro, reforçando a posição de Degas. E Gustave, compreendendo que a maioria dos seus amigos tinha necessidade de pôr comida na mesa dos filhos, não disse mais nada.

Foi, pois, sem Renoir, Sisley ou Berthe Morisot que, em 10 de abril de 1879, abriu a quarta exposição impressionista, no número 28 da avenida da Ópera. Félix Bracquemond, gravador e litógrafo, expunha águas-fortes. A sua mulher, Marie, apresentava desenhos que tinham servido para pinturas em faianças. Cassatt exibia retratos de mulheres e crianças. Degas mostrava o retrato de Duranty, cavalos de corrida e, como habitualmente, lavadeiras, bailarinas e cantoras. Monet era o pintor que mais obras expunha: vinte e nove, ao todo, entre as quais muitas paisagens e muitos estudos atmosféricos. Pissarro mostrava bosques, pomares e paisagens de neve. Forain, como bom discípulo de Degas, punha à vista camarotes, saídas do teatro, bastidores, cafés e cenas passadas nas Folies-Bergères. O grupo dos expositores completava-se com Lebourg, Somm, Tillot e Zandomeneghi.

«Gustave Caillebotte participou com vinte e cinco obras, o que nos dá a medida do seu entusiasmo e, ao mesmo tempo, documenta a transição que se operava na sua obra», escrevera Helena na tese de doutoramento. Quadros de barcos e de banhistas, paisagens de Yerres, retratos em família, são lembranças do passado deixado para trás. Cenas de ruas na Paris de Haussmann ou vistas a partir da varanda marcam a perceção insólita da cidade em cujo coração Gustave habitava. As pinturas de telhados suscitaram poucos comentários, ainda que alguns espectadores elogiassem a representação das marcas do inverno rigoroso e da atmosfera característica de um dia de neve, em *Telhados sob a Neve,* onde o cinzento do céu, animado por alguns laivos rosados, inundava os telhados cobertos de branco. Gustave aproximava-se dos seus companheiros Monet, Sisley ou Pissarro, interessando-se pelos efeitos da atmosfera e da meteorologia sobre a luz e a paisagem.

A exposição alcançou um sucesso sem precedentes, atraindo quase dezasseis mil visitantes. Excetuando as caricaturas publicadas no jornal satírico *Charivari,* a crítica foi quase toda favorável. O conde Toulouse-Lautrec visitou a exposição juntamente com o filho de quinze anos, um rapazinho enfezado, de modos argutos, que não conseguia despegar o olhar das telas de Degas e de Forain. Entre os artistas que expunham, Gustave Caillebotte era, pela fortuna que possuía e pelo prestígio do falecido pai, o único de quem o conde poderia dignamente aproximar-se, e foi por isso a ele que se dirigiu. «O meu filho quer estudar pintura. Quem me recomenda para o ensinar?» Gustave encarou com simpatia o rapaz miudinho, cujos olhos faiscavam no rosto moreno, e, naturalmente, indicou Léon Bonnat.

Os proventos da exposição permitiram cobrir todas as despesas de organização e ainda deram quatrocentos francos de lucro a cada pintor. Durante algum tempo, gerou-se entre o grupo um ambiente de otimismo e de camaradagem em que cabia o projeto de criarem uma revista de ilustração. Porque não? A ideia parecia boa. Mary Cassat estudara impressão em Roma. Degas possuía uma tipografia. Mas o projeto gorou-se, e, feitos os últimos acertos de contas, o grupo dos pintores intransigentes dispersou-se.

Auguste Renoir estava na província, a trabalhar na decoração das paredes do castelo de um nobre, e escrevia a Gustave: *Compreenda que não me atrai muito este estilo de vida, meu amigo, mas preciso do dinheiro*. Gustave compreendia. Monet, que estabelecera residência em Giverny, deslocava-se intermitentemente a Paris. Gustave pagava-lhe as despesas de viagem e os custos da estada na capital. Também ajudava Pissarro com remessas frequentes de dinheiro. Parecia-lhe que todos, com exceção de Renoir, que lhe testemunhava uma amizade constante, o toleravam em função dos seus fundos ilimitados. Na ausência de Renoir, Monet e Pissarro, o convívio com Degas, o seu sarcasmo, o seu mau humor, era-lhe insuportável. Ao serão, desabafava com Martial. «Sinto que não sou um deles. Por mais que faça, sinto que não sou um deles.» Devagarinho, Martial suspendia o deslizar dos dedos sobre as teclas. «Claro que não és um deles. És tu, e és sozinho. Estamos sempre sozinhos.» Talvez o irmão exagerasse; exagerava certamente. Ainda assim, recordando as palavras de René, Gustave pensava que estava a comprar o seu lugar entre os homens que deveriam ser seus pares, tal como o pai, um rapaz da província, comprara um lugar na alta sociedade da capital. O seu lugar entre os impressionistas consistia em custear exposições, pagar contas, distribuir cartas com dinheiro. Talvez fosse essa realmente a função a que estava destinado. E uma certa melancolia reinstalava-se.

Uma noite em que Richard Gallo foi jantar com os dois irmãos, Gustave pediu-lhe que posasse para ele. «Não estás cansado de registar a minha beleza?», gracejou Richard, pensando na vez em que Gustave o obrigara a posar, a ele que era editor do *Le Constitutionnel,* com um exemplar do *Le Figaro*. Ambos sorriram. «Este vai ser diferente. E prometo que um dia vos retrato a ambos, a ti e à tua esposa.» Gustave fez Richard sentar-se no sofá do salão, o mesmo que usara como cenário de *Nu no Divã* e *Jogo de Cartas,* de pernas cruzadas, a ler o jornal. Por cima do sofá, entre outras telas, pendia

Baile no Moulin de la Gallette, comprada a Renoir. Era, certamente, uma maneira de Gustave evocar o amigo, mas também de afirmar a sua posição como colecionador. Diante de ambos, pintor e modelo, instalou o espelho. E assim surge sentado, defronte do cavalete, de pincel na mão. «Não é raro os artistas pintarem autorretratos em momentos cruciais da sua existência», dissera Helena, da segunda ou terceira vez em que se tinham encontrado. «O autorretrato que Gustave pintou em 1880 não é exceção.» Sim, concordava a Autora. Mas ela sabia um pouco mais. Gustave tem trinta, trinta e um anos; a sua expressão é ligeiramente crispada. Dir-se-ia irónica, quase trocista. A figura de Richard, de pernas cruzadas, cujo rosto surge parcialmente encoberto, torna-se irreconhecível e misteriosa para a posteridade.

11

A quinta exposição impressionista abriu em abril de 1880, depois de discussões intermináveis, que já se tornavam habituais, a respeito dos artistas que deveriam tomar parte na exibição. Renoir continuava ausente na província. Monet e Sisley estavam relutantes em participar. Degas insistia em incluir no grupo jovens pintores como Raffaeli ou Zandomeneghi. Caillebotte considerava-os talentos duvidosos e entendia que, diante da ausência de Monet, Renoir e Sisley, essa falta de talento seria ainda mais notória. Numa carta ponderada, Pissarro lembrou a Gustave que fora Degas o responsável por o ter trazido a ele, Caillebotte, para o grupo, razão bastante para que muito lhe fosse perdoado. Gustave dobrou a folha e engoliu em seco, reconhecendo a pertinência perversa do argumento, que insinuava a sua própria mediania como artista, mas cedeu.

O resultado foi uma das exposições impressionistas menos interessantes de sempre, tinha dito Helena. Degas, que se dispersara entre as discussões e o projeto gorado da revista, exibia obras incompletas e pouco relevantes. Perante a ausência dos grandes nomes do grupo, Gustave, que expunha onze pinturas, surgia quase como um líder, e teria sido por esse motivo que Émile Zola decidira dessa vez pronunciar-se com veemência. *O senhor Caillebotte é um artista muito consciencioso, cujo estilo é um pouco seco, mas que tem a coragem dos grandes esforços e que busca a resolução mais viril.*

Mas foi *Interior: Mulher a ler* a tela de Caillebotte mais visada pela imprensa, com os críticos a questionarem-se até que ponto o pintor poderia ignorar as leis da perspetiva. Em primeiro plano, uma mulher, vista de perfil, estava absorta na leitura do jornal. Ao fundo, um homem, estendido a ler no divã, parecia minúsculo, e a sua cabeça quase desaparecia na almofada em que estava pousada. Helena falara à Autora da tendência de Caillebotte para a distorção do espaço, comparável ao efeito de uma objetiva fotográfica que estivesse muito perto de uma personagem, e do gosto do pintor em recriar um ambiente psicológico tenso e ambíguo, um pouco como acontecera em *Almoço*, a tela em que representara a mãe e o irmão René.

«Nunca se conseguiu identificar o casal que posou para o quadro», acrescentara Helena. A Autora não se lembrava de lhe ter respondido, o que devemos atribuir a uma certa perversidade, pois só ela sabia que Richard Gallo e a sua jovem esposa tinham visitado a exposição e tinham rido bastante do resultado das suas poses. Pelo modo como a mão enluvada da rapariga se apertava no braço do marido, pelos olhares trocados entre os dois, Gustave percebia que, na cena onde muitos dos visitantes e dos críticos de arte do futuro leriam a expressão da distância e do desentendimento entre dois seres fisicamente próximos, o jovem casal seu amigo via apenas refletidas as consequências da existência burguesa, tranquila e aprazível, que ambos tinham escolhido viver juntos, que ambos prezavam e se dispunham a perpetuar. Isso não era mau nem bom. Só ele, Gustave, permanecia sempre um pouco à margem daquilo que eram os costumes da ordem social em que fora criado, sem se casar, sem formar família, sem uma ocupação prestigiante, sem uma verdadeira posição, como que negando tudo aquilo que o pai esperara que ele fosse. Porém, naquele instante, ao invés de se afligir, Gustave, talvez por simpatia para com Richard Gallo e a sua esposa, talvez por prever as interpretações equívocas que os vindouros fariam do seu quadro, sorriu. E, à distância de um século e meio, lembrando-se das palavras de Helena, a Autora deste livro sorriu com ele.

O grupo dos impressionistas desfazia-se e dispersava-se. Os amigos íntimos não lhe negavam a amizade nem deixavam de frequentar a sua casa, mas acomodavam-se numa existência de profissionais empenhados e pais de família convictos. Era no meio dos velejadores que Gustave encontrava cada vez mais um clima de franca camaradagem. O Clube de Vela de Paris era frequentado por burgueses ricos, diletantes, homens de negócios, funcionários, juntos durante umas horas, igualando as suas diferenças sociais, convivendo sem receio das aparências, dos toques casuais, das possíveis infrações das conveniências. Os preparativos, o transporte das embarcações até ao cais, o movimento da corrida, requeriam um esforço conjunto, e havia naquela aliança voluntária um ambiente de união que Gustave não encontrara no grupo dos impressionistas, nem, antes, no exército, nem, muito antes, no pensionato. Sim, perturbavam-no por vezes os risos soltos, os troncos nus dos homens, os cumprimentos efusivos. De repente, voltava a sentir nos lábios o beijo de Giuseppe e o seu abraço fremente no crepúsculo de uma estrada napolitana.

No final de 1880, Gustave Caillebotte era já o velejador francês com mais títulos conquistados. Talvez o movesse o prazer das vitórias, o ímpeto da competição, o entusiasmo fugaz das corridas. Mas a Autora crê que o que mais o seduzia era o gozo proporcionado pela navegação. O espaço enorme desdobrado à sua frente. O barulho suave da ondulação contra o casco. A luz do entardecer. Os sentidos, que pareciam mais agudos, os músculos, que pareciam mais vivos, o sangue, que parecia correr mais intensamente nas veias, ao fim de um dia de esforço, na água, ao vento, ao sol.

A Autora deste livro lembra-se de uma ocasião, quando era muito jovem e estudava no Sul de França. Um dia, convidaram-na para uma pequena expedição na região do Béarn, pertencente ao antigo reino de Navarra. De mochila às costas, roupas leves e cajado na mão, atravessou vales profundos, planaltos largos, caminhos de pedras sobre riachos espumosos, encostas relvadas onde se quedavam rebanhos indolentes e florestas densas, de arvoredo intrincado, com veredas estreitas cortadas ao lado de desfiladeiros, de cujas paredes jorravam inesperadas quedas de água. De vez em quando, ao fundo de um trilho, a visão supreendente de um lago, de águas muito lisas e caladas, cuja frialdade acendia arrepios na pele e risos nos lábios. Tudo naquela paisagem era diferente de quanto a Autora já conhecera. Esquecia-se de que sentia vertigens, de que habitualmente as alturas a amedrontavam, e abeirava-se dos precipícios para lhes espreitar o fundo. A exaltação do momento suplantava tudo.

À noite, no abrigo, ao descalçar as botas de montanha, verificou que tinha os pés em bolha e as pernas arranhadas. Os membros, finalmente em descanso, pesavam-lhe. A pele ardia de ter experimentado as mudanças súbitas do frio para o calor, do calor para o frio. Em redor, embrulhados nos sacos-cama, os companheiros de expedição adormeciam pesadamente. A sua presença simpática fazia parte da aventura da rapariga; mas, ao mesmo tempo, contrariava-a. A aventura dela era outra. Era descobrir dentro de si uma solidão boa, feita da sensação de liberdade, do sentimento de poder sobre o seu corpo, que trepara a árvores e transpusera cursos de água, da alegria ingénua de ouvir, lá fora, o barulho dos ralos e o murmúrio do vento da montanha. E é a essa lembrança que a Autora se agarra para compreender as emoções do seu amigo durante as regatas, por exemplo, quando o vento crescia e as águas se enrugavam até formarem pequenas vagas, molhando o convés e salpicando-lhes o rosto. Gustave folgava a vela, o companheiro apontava a proa ao vento, e o resto, o resto...

Para chegarem ao Clube de Vela de Paris, Gustave e Martial apanhavam o novo comboio na estação de Saint-Lazare e desciam na estação de Argenteuil, a dois passos do cais. Naquela tarde de junho, uma pequena multidão alegre viu o *Condor,* barco pertencente a Caillebotte, conduzido pelo próprio e por Maurice Brault, arrecadar o primeiro prémio, constituído por uma taça de porcelana de Sèvres oferecida pelo Presidente da República e uma medalha atribuída pelo Círculo da Vela de Paris. *O senhor Caillebotte é um romântico: a sua forma de manobrar é audaciosa; a sua vela é um desafio lançado ao vento; ele arrisca com uma audácia que o sucesso justifica muitas vezes, é preciso dizê-lo.* Assim se exprimia um cronista no jornal *Yacht,* sublinhando a excelência do velejador. *O simpático pintor impressionista não é ousado apenas na pintura. E àqueles que quiserem criticar a sua forma de competir dá uma resposta perentória: é ele quem chega em primeiro lugar.*

Gustave apeou-se do *Condor* debaixo de uma chuva de aplausos. Sentia-se satisfeito nessa tarde. Por instantes, os seus olhos detiveram-se no rosto muito jovem de uma rapariga mesmo à frente dele, que se abria num sorriso hesitante.

Parecia alta, bem-feita, e, na clareza da pele, sobressaíam-lhe os olhos quase violeta. Encararam-se. O esforço da corrida, o prazer da vitória, talvez também a surpresa do encontro, davam certamente à figura de Gustave um ar atraente, porque os olhos da rapariga regressaram várias vezes aos dele. Gustave, percorrido por uma espécie de arrepio, sentiu desejo de falar-lhe, o que era desde logo extraordinário. Não faltavam por ali mulheres, mulheres elegantes, nos seus vestidos de seda, mulheres do *demi monde,* jovens operárias gozando a folga, costureiras pobres que copiavam os figurinos da moda em retalhos baratos, surripiados à vigilância das mestras. Gustave inibia-se diante de todas.

Sempre discreto, mas percebendo a perturbação do amigo, Maurice balbuciou apenas: «Muito linda.» Gustave encolheu os ombros. O vestido modesto e algo decotado da rapariga dos olhos violeta denotava uma daquelas personagens típicas da Paris da época, mulheres que, não sendo exatamente prostitutas, se deixavam sustentar por homens com quem não eram casadas, saltando facilmente de ligação em ligação. Martial apareceu, efusivo, para cumprimentar o amigo e o irmão. Quando Gustave voltou a olhar na direção da rapariga, já não a viu. A assistência debandava, os cavalheiros sacudindo dos chapéus de verão poeiras impercetíveis e oferecendo o braço a senhoras de sombrinha. Entregue o prémio, Gustave e os outros jantaram entre rapazes, no porto de Argenteuil. Beberam, riram, regressaram a Paris. Durante todo o tempo, a imagem da rapariga não saiu da cabeça de Gustave.

Para a reencontrar, percorreu os lugares mais prováveis. Procurou-a no edifício da Ópera, observando os rostos das mulheres que desciam a escadaria ou atravessavam o vestíbulo. Procurou-a nas corridas de cavalos dos Campos

Elísios, debaixo dos acordes da banda marcial, entre as tribunas cheias de senhoras que estreavam *toilettes* e de *sportsmen* radiantes nas suas casacas claras. Procurou-a nas salas escuras e ordinárias dos teatros pobres. Procurou-a novamente em Argenteuil, buscando entre a multidão aqueles olhos cor de violeta. Só ao cabo de três meses a encontrou, por acaso, num cruzamento de ruas. Olharam-se e estacaram ao mesmo tempo, reconhecendo-se numa surpresa contente.

«Charlotte? Desculpe, mas Charlotte teve muito pouca importância na vida de Gustave.» Era a quarta vez em que Helena e a Autora se encontravam. Helena fumava nessa tarde. Ainda não tocara no chá e parecia agitada. «Aliás, pouco ou nada se sabe dela, senão que seria, para todos os efeitos, prostituta ou, pelo menos, uma mulher por conta.» Helena fumava e trazia no olhar uma espécie de irritação que a Autora não compreendia. Pela primeira vez, fora esta a marcar o encontro, telefonando à professora de história da arte, propondo que fossem ao café do costume e depois passeassem pelas ruas, aproveitando o verão, que chegara em força, com dias quentes e compridos. «Charlotte era uma prostituta com alguns talentos domésticos, que Caillebotte contratou para se servir dela em todos os sentidos. Ou até para ocultar do seu círculo mais próximo as suas tendências homossexuais.»

Sem alcançar o motivo por que Helena imprimia às palavras tal agastamento, a Autora tomou rapidamente uma decisão. Nada do que Helena afirmava seria verdade. Ela, a Autora, decidiria. Por isso, Charlotte nasceu em 1858, perto da porta de Saint-Martin. A mãe era viúva de um pequeno funcionário de origem polaca, que morrera de tuberculose.

O falecido pai não lhes deixara nenhuma fortuna, apenas um nome honrado, graças ao qual, e a um rosto bonito, a mãe conseguira empregar-se numa florista elegante. Aos dez anos, Charlotte já tomava conta das irmãs mais novas, muito contente por poder ajudar a mãe, a quem de vez em quando propunham casamento, mas que receava impor um padrasto às filhas. Moravam então numa mansarda no faubourg Saint-Antoine. A mãe ensinara Charlotte a ler; ela ensinava as irmãs mais novas. Andavam limpas e agasalhadas. Ao fim da tarde, a viúva chegava a casa envolta no perfume das flores, com um ou outro ramalhete meio murcho que Charlotte colocava em água. Ao jantar, a mãe distribuía a cada uma uma porção de comida, a bastante, mas não mais do que a necessária. Mesmo assim, às vezes batia-lhes à porta uma vizinha, mais pobre do que elas. A mãe repartia do que houvesse. As filhas habituaram-se a fazer o mesmo.

Um dia, o patrão acusou a viúva de o ter roubado, ameaçando-a com a prisão. A mulher ficou estarrecida, sem forças para se defender. Passados alguns dias, o patrão descobriu o erro; quis trazê-la de volta para a loja, mas a mãe de Charlotte foi incapaz de aceitar. Não era orgulho o que sentia; era, doravante, um abatimento permanente, um desgosto sem lágrimas, um olhar arrastado sobre as coisas, esquecido de si. As filhas mais novas adoeceram. Charlotte tinha dezoito anos e era a única com uma saúde de ferro. Fez alguns trabalhos de costura; nunca tivera jeito com as agulhas, e as clientes devolviam-lhe as peças, descontentes com as bainhas. Acabou por arranjar emprego a servir às mesas num restaurante em Montmartre. Mas o dinheiro ganho não chegava para a comida, o carvão, os medicamentos para a mãe e as irmãs. Uma noite, enquanto servia o vinho a um pequeno grupo de clientes, um senhor de bigodes encerados apresentou-se como pintor e perguntou-lhe se alguma vez tinha posado. O tom do cavalheiro era correto, mas Charlotte sentiu-se gelar até aos ossos. De qualquer modo, posou para o pintor, posou para esse e para outros, e não parou de posar, mesmo quando as irmãs e a mãe morreram, com poucos meses de intervalo. Nessa altura, já se tornara qualquer coisa entre atriz, modelo e algo que não desejaria pronunciar.

Charlotte não chorava ao contar a sua história, mas Gustave lia-lhe nos olhos, refugiados nas mãos que se entrelaçavam num gesto de nervosismo, toda a sequência de desgostos, ofensas, mágoas, humilhações. Ele, que nunca trabalhara, que nunca precisaria de trabalhar, que nunca sentira o estômago contrair-se de fome nem os músculos tolherem-se de frio, envergonhava-se da sua melancolia difusa, dos seus achaques de sensibilidade, de todos os seus sofrimentos, dúvidas, receios, que lhe pareciam de repente vagos ou exagerados. E sentia-se inexplicavelmente ligado àquela rapariga de moral duvidosa, que mal conhecia, com quem nessa manhã apanhara o comboio para Argenteuil, que vira saborear o almoço de perdizes com um apetite voraz e um prazer manifesto e que, depois, durante o passeio de barco, lhe expusera candidamente o seu passado, sem intenções premeditadas.

O sol subira no céu, e o calor da tarde de junho assomava--lhes à pele, fazendo escorrer pelo rosto enrubescido de Charlotte pequeninas gotas de suor. Apearam-se na margem e avançaram pelo bosque, em silêncio, muito absortos, até à sombra perfumada de uma tília. Gustave estendeu o casaco. Sentaram-se ambos. Um torpor agradável invadia-lhes lentamente os corpos satisfeitos pela abundância do almoço, o passeio no rio, a temperatura agradável. Charlotte estendia o braço para apanhar do chão pequenas margaridas pálidas, esfarelava-lhes os pedúnculos, e o aroma acre ficava-lhe nos dedos. Sentia-se perturbada, mas não era, naturalmente, pelo facto de estar sozinha com um homem no meio do bosque. Era o olhar dele, um olhar demorado, que lhe beijava a pele, lhe dizia que era linda, e cujo desejo penetrava mais do que o sol.

Corria agora uma brisa suave, levantando um murmúrio de folhas e acentuando as modulações lentas dos rouxinóis. Gustave agarrou a mão da rapariga. O gesto fê-la estremecer. Não era só o homem a seu lado que o tinha esboçado. Era o céu vasto e esplendoroso sobre eles, eram as velhas árvores, cúmplices de tantos afetos, e a tarde quente, e o rumor que agitava a relva e que parecia trazer vozes, risos, suspiros, de outros tempos, de outros amantes antes deles. Por instantes, pousou a cabeça no ombro dele, mas depressa se soergueu. Foi ela que o fitou com um sorriso meigo, que o beijou e que cobriu com o seu corpo o corpo dele. Tudo continuava calmo, e o aroma das tílias espalhava-se suavemente pelo ar.

Tudo isto decidira a Autora, enquanto Helena, o rosto voltado para a janela, os dedos trémulos, deixava a cinza do cigarro tombar sobre o tampo de fórmica. Sem desviar o olhar do vidro empoeirado, a professora recomeçou a falar. «Sabe que imagens me ocorrem quando fecho os olhos e penso nos quadros de Caillebotte? Vejo ruas à chuva, telhados cobertos de neve, estruturas metálicas de edifícios, figuras solitárias. Nunca vejo as paisagens soalheiras de Yerres, nem as regatas no Sena, nem as flores nos canteiros. Essas, se as vi, e creio que sim, morreram todas com o Francisco.» O assunto já não era Caillebotte, mas o seu próprio luto, e assim Helena expunha novamente os seus desgostos, as suas paixões intensas, terminando em separações violentas, a morte da mãe e do irmão, depois a morte do marido. «Em quinze dias.

Em quinze dias, compreende? A comida a nauseá-lo, o rosto macilento, um modo súbito de caminhar calado, e um cancro que só demorou duas semanas a levá-lo.» A Autora escutava-a. Mas quantas vezes já ouvira aquelas histórias? Helena experimentara o amor. Melhor do que ninguém conhecera-lhe o poder, a força, a magnitude com que, se ele acaso fosse uma entidade como os antigos fingiam que era, com asas e maiúscula no nome, iria sorrir do desdém dos homens que duvidam de cenas como a que a Autora inventara e cujos planos de uma existência segura e controlada o mesmo amor se entretém, sistematicamente, a derrubar. Porque falava, então, com tanto cinismo?

Helena desviou o rosto da janela e enfrentou a Autora. «Telefonou-me porque precisava de mim. Aposto que quer narrar uma história de amor e deu-se conta de que não percebe nada do assunto. Talvez todos os seus amores tenham ficado aquém, você sabe o que eu quero dizer, *aquém*, e por isso precisa de mim para inventar o amor de Gustave. Não me diga que não.» A Autora não dizia; ouvia a outra calada, aparentemente imperturbável, mas sentindo crescer dentro de si um misto de fúria e de vergonha. Sentia-se capaz de empurrar Helena ou de lhe arrancar dos dedos o cigarro e de a descompor como a uma criança. Mas percebeu que tinha uma forma mais cruel de a castigar. Gustave amaria Charlotte, ciente, no entanto, de que a vida impõe normas e constrangimentos sociais. Embora já não tivesse de prestar contas aos progenitores, saberia, no seu íntimo, que o nome do pai e a posição da família o impediriam de desposar a rapariga. A constatação dessa impossibilidade seria tão evidente para ele como para Charlotte. Esta aceitaria o amor de Gustave e dedicar-se-ia a amá-lo com fidelidade. E Gustave conheceria, a partir desse momento, toda a felicidade possível.

«Charlotte... Quer lá você saber de Charlotte. Talvez Gustave Caillebotte seja *o seu* único amor.» Helena ergueu-se de repente. «Escreva o seu romance, invente o que quiser. Mas saiba que Caillebotte é tão meu quanto seu.» Por momentos, a Autora permaneceu sem reação. Os velhos do costume, inclinados sobre a mesa, não levantaram a cabeça nem mesmo quando Helena pegou repentinamente na pasta de cabedal, quase derrubando as chávenas que balançaram sobre o tampo, atravessou o café e desapareceu no exterior. O empregado, de cotovelo assente no balcão, folheava o jornal. O televisor antigo, pregado na parede, transmitia o programa da tarde da estação pública. Ali, também os membros da assistência e os convidados eram velhos, e uma apresentadora jovem e muito maquilhada deixava-se envelhecer pelas conversas sobre pobreza e doenças e pelas tonalidades pálidas do cenário do estúdio. A Autora afastou os olhos do televisor e relanceou o olhar pela janela. Não saberia dizer quanto tempo tinha permanecido absorta. Quando recuperou do torpor, já não havia sinais de Helena. Apenas o sol, a tarde quente e muitas mulheres, sorridentes, vestidas com roupas frescas e claras, calcorreando a cidade.

Aos poucos, Charlotte foi sendo introduzida no círculo de amigos íntimos de Gustave. Foi apresentada a Martial; uns dias depois, conheceu Auguste Renoir. Ela e Gustave eram amantes havia pouco mais de um ano quando Gustave lhe propôs que se juntasse a ele e ao irmão nessas férias, em Villers-sur-Mer, uma antiga e isolada aldeia de pescadores convertida em lugar de vilegiatura para a burguesia parisiense. Para Gustave, a escapada era a forma de prolongar no mar da Normandia o prazer das regatas. Ali, já não reinavam as águas tranquilas do Sena; o desafio era entender as marés, navegar ao largo pelo mar extenso, domar o barco, fazê-lo mudar de direção, quase virando-o, levar no rosto com os borrifos das ondas. E o céu interminável. E o vento a enfunar-se na vela, a sacudir as neblinas e a transportá-lo para longe.

Uma tarde, pouco depois do almoço, Gustave pediu a Martial que posasse ao lado de Charlotte. O pintor escolhera cuidadosamente o sítio, uma vila senhorial italiana, cercada pelo arvoredo e rodeada por um caminho levemente inclinado. Na tela que nasceu nesse verão, um jovem casal, de costas, percorre esse caminho contíguo à vila. Ele usa roupas claras e um chapéu amarelo; ela, um vestido azul e uma sombrinha escarlate. As cores luminosas, a pintura ao ar livre, as pinceladas soltas, marcavam uma viragem na obra de Caillebotte. E o nome dado ao quadro, *Caminho a subir*, surgia, para Gustave e Charlotte, como uma espécie de metáfora.

De regresso a Paris, assinalaram com um pequeno grupo de amigos o aniversário de Gustave. Maurice Brault propôs que visitassem a Exposição da Eletricidade que abrira no Palácio da Indústria. «Vamos ser do progresso e viver a experiência toda desde o início», exclamou Maurice, com um gracejo de ironia, «e apanhemos o elétrico, essa invenção prodigiosa que oferece a toda a gente lugares aos mesmos preços, sentando o burguês e o magistrado ao lado do operário e do carregador». Sorridentes, subiram para um dos novos *tramways* elétricos que viajavam da praça da Concórdia ao Palácio da Indústria.

Visitada à noite, a exposição oferecia um espetáculo feérico. O palácio, amplamente iluminado, deixava escoar através das suas frestas raios de luz que exerciam nos transeuntes o mesmo efeito magnético de uma lâmpada nos insetos. Lá dentro, era todo um mundo novo e deslumbrante, dominado por luzes cruas e azuladas, sombras bizarras e barulhos estridentes. Também Gustave se achou quase tonto diante da profusão de inventos e objetos expostos. Dínamos, telefones, campainhas elétricas. Fonógrafos de vozes nasaladas a debitarem cançonetas de *vaudeville*. As ampolas elétricas de Thomas Edison apagadas e acesas pelos visitantes ansiosos por premirem o interruptor, projetando a sua luz repentina sobre os rostos surpreendidos. Alguns pasmavam e aplaudiam, outros desdenhavam e lembravam os artigos no jornal que defendiam que a eletricidade se iria converter no alcoolismo do olho humano, aumentando a nevrose da humanidade. «É magnífico!», exclamou Charlotte, «o que a minha pobre mãe e as minhas queridas irmãs não teriam gostado de ver isto...», e dizia-o com mágoa, como se as lâmpadas elétricas pudessem ter impedido a morte delas ou a sua própria decadência.

Inebriado como todos os outros, Gustave observou tudo com curiosidade e sentiu-se tentado a fazer um ou outro esquisso. Lá fora, os Campos Elísios, tristemente iluminados pelos bicos de gás, pareceram-lhe mais escuros e desolados do que nunca.

Em maio de 1881, com menos artistas a exporem do que nos anos anteriores, sem Monet, sem Renoir, sem Caillebotte, a sexta exposição impressionista era mais do que discreta. O cronista do *Le Figaro* comentava ironicamente que a nova mostra dos independentes era muito parecida com as anteriores e com as que haveriam de seguir-se, apontando que a maior originalidade dos pintores revolucionários consistia na cor das molduras, brancas e não douradas como as dos pintores da velha escola, e esclarecendo com malícia: *Quando não conseguimos* tocar *as paredes com a* luz *da nossa tela*, tocamo-las *com o branco da moldura*.

Gustave pensava noutras coisas. Por essa mesma altura, assinou com Martial a escritura de aquisição de uma propriedade em Petit Gennevilliers, uma cidade construída na margem do Sena, na direção oposta a Argenteuil. Rodeado pelo arvoredo frondoso, pela corrente límpida do rio, pelo ar puro e fresco, Petit Gennevilliers estava muito longe de ser o arrabalde industrial dominado pelas fábricas, pelo céu embotado e pelas águas sujas em que se transformaria no dealbar do novo século. Havia cabarés que eram uma espécie de sucedâneos das velhas pousadas, ruazinhas estreitas e empedradas e passagens pitorescas sobre o rio. Vários motivos simples e atraentes ofereciam-se aos artistas, que instalavam os cavaletes para pintarem a ponte do caminho de ferro, sob a qual a água cintilava, refletindo os salgueiros e os choupos que bordejavam as margens, as ilhotas semeadas de arbustos, as barcaças que carregavam carvão, que de manhã se arrastavam indolentes e à tardinha passavam vazias e lestas. A propriedade dos irmãos Caillebotte ficava muito perto do Círculo de Vela de Paris e da bacia de Argenteuil, onde Gustave velejava.

Em março de 1882, Auguste Renoir deslocou-se ao Petit Gennevilliers para convencer Gustave Caillebotte a expor novamente com o grupo. Gustave concordou. Na sétima exposição, que abria na rua Saint-Honoré, por onde cresciam teatros, livrarias e lojas de luxo, Caillebotte participou com dezassete telas. *Homem à varanda, Varanda* ou *Bulevar Visto de Cima,* herdeiros das perspetivas ousadas de *Rua de Paris em Dia de Chuva,* constituíam vestígios do passado. *Caminho a subir, Estrada de Honfleur a Trouville* ou *Paisagem, Arredores de Trouville,* eram sinais da sua existência nova, junto de Charlotte, em Petit Gennevilliers.

O quadro *Caminho a subir* fez sensação. Representando Charlotte numa pose irreconhecível, Gustave dava a conhecer, tanto quanto possível, a sua relação com a rapariga. A displicência do tema, as cores abertas, as dimensões do quadro, dividiram as opiniões dos visitantes. Quanto aos restantes quadros de Caillebotte, a crítica foi violenta. A Autora sabe-o graças a Helena, não porque tenha voltado a conversar com ela, mas porque conserva na sua posse os elementos que ela lhe facultou. Um jornalista do *Le Gaulois* arrasava *Homem à varanda*, criticando a roupa escura do homem, que parecia pintada a tinta da china, e, sobretudo, o *Bulevar Visto de Cima*, revelando uma incompreensão total das perspetivas ousadas. *O senhor Caillebotte devia estar a ver a dobrar nesse dia. Todas as personagens estão encurtadas; sentado num banco inclinado, um pobre homem – negro, naturalmente – contorce-se todo para se aguentar; se não se despachar, uma árvore ao lado vai cair-lhe em cima da cabeça. Alguns transeuntes em ziguezague completam o conjunto. É muito divertido.* Uns anos antes, Gustave teria ficado arrasado. Naquela manhã, dobrou o jornal e encolheu os ombros. «O artista vive para a obra, e não para o público», pensou. Nem a Autora tem a certeza se Gustave estava a ser completamente sincero, mas decide sozinha que este pensamento o confortou.

Foi mais ou menos por essa altura que Gustave visitou no Hôtel Drouot a exposição retrospetiva de Manet. Ali estava *A Varanda*, a tela que admirara dez anos antes, aquela em que Édouard Manet, agora morto, sublimara o seu amor impossível por Berthe Morisot numa espécie de retrato em que surgiam outras figuras, mas que era todo de Berthe, e o seu vestido branco, e a mão crispada no leque, e o olhar amargurado. No final da exposição, Caillebotte comprou finalmente o quadro por três mil francos. Foi, de qualquer modo, a sua última grande aquisição de uma obra de arte.

Foi também por essa altura que Gustave foi surpreendido pela notícia da morte de Giuseppe De Nittis. O italiano passava férias em Saint-Germain-en-Laye, perto de Paris, onde se instalara numa casinha modesta. Da última vez em que o visitara, Gustave encontrara-o de boa saúde. Jacques, o seu afilhado, tinha-se feito um rapaz bonito e afável, muito aplicado nos estudos, mas sem jeito nenhum para a pintura. Nessa tarde, De Nittis inclinara-se sobre a orelha de Gustave e deixara cair o desabafo: «Sou um homem feliz.» Gustave sorrira com melancolia; ele próprio não se considerava infeliz, mas era como se o comentário de Giuseppe, cruel e abrupto, atraiçoasse a lembrança, eufórica e terrível, de dois jovens abraçados, muitos anos antes, na poeira de uma estrada napolitana. Poucos dias depois, De Nittis morreu de bronquite. Gustave soube da notícia pelos jornais e teve a impressão de que a sua juventude ficara para trás.

Em que idade deixamos de ser jovens? Em que idade se instala a certeza de que pouco importamos na ordem natural das coisas? Em que idade compreendemos que a vida, a que chamamos nossa, não só não nos pertence, como é leve e frágil como um sopro? São perguntas que correm muitas vezes por dentro da Autora deste livro. Talvez tudo isso suceda no dia em que morre alguém de quem gostamos muito, uma morte inesperada, mesmo quando anunciada pela doença, como na manhã em que a Autora atendeu o telefone para saber que o seu melhor amigo, a muitos quilómetros de distância, morrera. Quando a chamada terminara, ela tinha tentado imaginar o rosto do amigo morto, mas não conseguira. Lembrara-se, em vez disso, de uma esplanada à beira-mar, de uma tarde de sol derramada sobre a praia, de ela e o amigo a falarem dos seus empregos, dos seus projetos, do futuro que se apresentava longo e luminoso, reverberando sobre a espuma das ondas, os sorrisos em redor deles, a limpidez dos copos cheios de bebidas frescas. Tinham brindado à vida e à amizade. Depois, o amigo regressara ao país onde vivia e adoecera subitamente. E depois, tinham telefonado à Autora.

De repente, sente vontade de telefonar a Helena, melhor ainda, de procurá-la em casa, escutar-lhe de novo as confidências, pedir-lhe que lhe conte com ainda mais detalhe a sua história, prometer-lhe uma amizade permanente e vigilante. Mas sabe que não o conseguirá. É distraída e inconstante nas suas afeições. Talvez por isso prefira os amigos à distância. Na verdade, não é de descartar que na história de Gustave Caillebotte a Autora deste livro procure a sua própria história.

Em tempos, Mary Cassatt sugerira ao galerista Durand-Ruel que se virasse para o mercado americano, em pleno crescimento económico e mais recetivo do que o europeu às formas de arte de vanguarda. Mary tinha o mérito de dar quase sempre bons conselhos; Durand-Ruel, o de saber ouvi-los. Em maio de 1886, o galerista apresentou em Boston uma exposição de pintores impressionistas. Gustave aceitara enviar dez obras. Excetuando *Os Polidores de Parquê* e *Rapaz à janela*, as telas escolhidas situavam-se entre as mais obviamente impressionistas: paisagens, o insólito retrato de um rapazinho no parque de Yerres, feito em tons de azul, algumas cenas de canoagem. O sucesso da exposição foi tal que Durand-Ruel decidiu abrir uma galeria em Nova Iorque. «O público americano não se ri dos quadros novos, compra-os!» Aos poucos, embaladas pela iniciativa ousada do colecionador, as obras dos impressionistas entravam nos Estados Unidos, donde muito mais tarde, por ironia, haveriam de regressar lentamente à França e ao resto da Europa.

Pela mesma altura em que os nova-iorquinos contemplavam os quadros franceses, decorria em Paris a última exposição dos pintores independentes. Caillebotte não quis participar. Entre os expositores, ganhava força uma nova forma de expressão pictórica. Jovens artistas como Georges Seurat e Paul Signac transformavam as paisagens em pontilhados de cores puras que se uniam durante o processo de observação do espectador. A pintura espontânea dos impressionistas adquiria uma feição científica, obedecendo a estudos óticos e cromáticos. Fora do grupo e da França, alguns pintores começavam a encarar o impressionismo como uma forma inconsciente de naturalismo e afastavam-se dos seus princípios. A vanguarda de que Gustave Caillebotte fizera parte deixava, suavemente, de o ser.

12

À medida que Gustave ia passando mais tempo em Petit Gennevilliers, o seu interesse pelos motivos urbanos declinava. Os dias eram preenchidos a cuidar da horta, a cultivar flores nos jardins, a percorrer a propriedade com a cadela *Bergère*, que Martial lhe oferecera pelos anos, ou acompanhado por Charlotte. Sem, aparentemente, se incomodar com a posição dúbia de dona de casa que não o era por inteiro, a jovem mulher parecia à-vontade na residência dos dois irmãos. Gustave ia encontrá-la no quarto de vestir, sorrindo-lhe no reflexo do espelho, enquanto provava um vestido que a costureira, ajoelhada, enchia lentamente de alfinetes. Ou dava com ela na cozinha, de avental atado e mangas dobradas, a bater uma taça de gemas. Alinhadas sobre a mesa de mármore, umas perdizes que Martial e Maurice tinham trazido da última caçada. Uns limões muito amarelos embrulhados num pano de linho.

Por essa altura, Gustave pintou muitas naturezas-mortas, explicara Helena, talvez da última vez em que as duas se tinham encontrado. «*Três Perdizes numa mesa* e *Faisões e galinholas numa mesa de mármore* são pouco mais do que o testemunho do quotidiano de um homem rico e nada trazem de novo à obra de Caillebotte, apesar da perspetiva tensa e excêntrica.» A Autora não tinha tanta certeza, e era por isso que, sozinha diante da reprodução dessas telas, reparava nas aves, expostas em sacrifício, na presença dos limões, cujo amarelo ácido contrastava com as cores escuras das penugens, e que serviriam para converter as peças de caça em repastos deliciosos. Parecia-lhe que Gustave, mais do que interessado em exibir troféus de caça ou explorar contrastes de formas e cores, pintava realmente *naturezas mortas*. Carne prestes a decompor-se, frutos destinados a apodrecer, contemplações da mortalidade. Charlotte olhava para a mesma tela e dizia: «A minha mãe uma vez provou faisão e gostou muito. Está tão lindo...»

Charlotte surgiria algumas vezes nas pinturas do jardim de Petit Gennevilliers, uma aparição tranquila, ligeira, furtiva, no meio da exuberância floral. *Rosas no jardim de Petit Gennevilliers* mostra-a de perfil, acompanhada pelo seu cãozinho, inclinada sobre os roseirais. Charlotte tem vinte e cinco anos, Gustave, trinta e cinco. Nesse verão, Renoir passou um mês em casa dos Caillebotte e pintou o retrato de Charlotte. A pose da jovem mulher, sublinhada pela quietude do cachorrinho aninhado no regaço, é a própria expressão da serenidade. Destacando-se na brancura da pele, rosada nas faces, brilham os olhos muito azuis, quase violeta. Não é Helena quem o diz à Autora. As duas não conversam já há algum tempo.

Em janeiro de 1887, Martial comunicou a Gustave que estava apaixonado e tencionava casar-se. Após uma década de intimidade partilhada, os irmãos tomaram as medidas necessárias para a separação. Martial comprou a parte de Gustave no apartamento do bulevar Haussmann; Gustave comprou a parte de Martial na propriedade de Petit Gennevilliers. Nesse mesmo ano, um jovem inglês alto e de aparência distinta apresentou-se no ateliê de Gustave. Não vinha para falar de arte, explicou o cavalheiro, esboçando gestos largos, nem sequer para comprar quadros. Vinha, dizia, pedir que lhe fosse mostrada a coleção de selos dos dois irmãos, de que tanto ouvira falar.

Na manhã seguinte, Gustave e Martial recebiam Thomas Tapling no apartamento do bulevar Haussmann e mostravam-lhe a coleção. A princípio, os dois irmãos hesitaram em vender os selos. Martial, por prudência e por esperar sempre a resolução do irmão mais velho; Gustave, porque a alienação da coleção lhe parecia mais uma perda e mais uma desistência. Mas, quando o inglês lhes ofereceu a pequena fortuna de 400 mil francos, ambos se renderam. Nesse mesmo dia, começaram os três a tomar providências para o acondicionamento da coleção e o seu transporte para a Inglaterra.

Quando, a 7 de junho desse ano, Alfred celebrou o casamento do meio-irmão Martial com Marie Minoret, a extraordinária coleção já chegara ao Leicestershire. Na igreja de Saint-Paul-Saint-Louis de Paris, que era a da paróquia onde a noiva e a sua família residiam, Gustave deu-se conta da estranheza que desde há algum tempo sentia dentro dos templos cristãos. Desde a morte de René, perdera qualquer resquício de fé, e acentuara-se-lhe o desconforto que experimentava na presença do meio-irmão, que lhe parecia mais triste e mais calado sempre que envolto na toga dourada das ocasiões solenes. Mas que direito tinha ele, Gustave, de censurar as opções do irmão mais velho? Desde que fora nomeado prior de Notre-Dame-de-Lorette, uma das primeiras paróquias de Paris, Alfred desdobrava-se mais do que nunca em boas ações. Mandara restaurar o altar-mor, todo em mármore branco e bronze dourado. Instalara um órgão novo. Erigira dois novos altares, um em honra da Virgem, o outro em honra de S. José. Em redor da igreja, adquirira terrenos para construir escolas.

Órfão de mãe, com as marcas da infância solitária a pesarem-lhe, Alfred empenhava toda a sua fortuna pessoal no socorro aos pobres e necessitados. Afinal, compreendeu Gustave, o seu irmão Alfred era também uma espécie de mecenas, ao serviço da bondade e da sua ideia de Deus.

Quanto à noiva de Martial, Gustave não sentia por ela nem simpatia nem ciúmes. Marie, que se recusara a conhecer Charlotte e, mais ainda, a acolhê-la na cerimónia, parecia-lhe, com todos os defeitos que tivesse, uma mulher de caráter e Martial parecia-lhe sinceramente apaixonado. O certo é que, após o casamento, que ditou o fim da vida em comum dos irmãos Caillebotte, nenhum dos dois voltaria a ser exímio na sua arte. Martial reuniu as suas partituras, editou as que entendia que possuíam algum mérito, guardou as outras numa arca e não voltou a compor. Mudando definitivamente para Petit Gennevilliers, Gustave pintou quase só paisagens e barcos.

Há uma fotografia a representá-los por esta época. Helena mostrara-a à Autora logo no primeiro encontro. Martial, o irmão mais alto, a quem a barba grisalha e o cabelo ralo conferem um ar mais envelhecido do que os seus trinta e três anos fariam supor, assume uma postura rígida. A pose de Gustave, de mãos nos bolsos, é descontraída, quase desafiante. A Autora deste romance, que se demorou tantas vezes diante desse retrato, passeando o olhar entre o rosto tranquilo de Martial e a expressão algo provocante de Gustave, considera-o a lembrança terna, desconcertante, melancólica, de uma separação amigável decidida a dois.

A Autora pousa o retrato e interrompe a escrita. Há dias em que a vida real chama por si, acenando-lhe com os afazeres prementes do quotidiano. Não é o caso. As férias de verão arrastam-se, e hoje está em casa, sozinha, sem nada para fazer. O telemóvel vibra sobre a secretária. É Helena. O tom de voz da outra contém um apelo. «Hoje faz anos que conheci o Francisco. Foi neste dia que tudo começou. Encontre-se comigo.» Há um sorriso de alívio e de compaixão a crescer por dentro da Autora enquanto Helena prossegue, mas, por um resquício de crueldade ou por qualquer outro sentimento inconfesso, ela agradece o telefonema, pretexta afazeres inadiáveis e marca encontro para dali a dois dias, no café dos velhos.

Embora fizesse questão de conservar um pequeno apartamento em Paris, Gustave instalou-se definitivamente em Petit Gennevilliers logo após o casamento de Martial e deu início à construção de um novo ateliê. Nessa altura, entusiasmado, comunicou a Monet: *Finalmente, depois de peripécias que não lhe conto, consegui comprar o terreno ao lado do meu. Estou a construir um ateliê e já não tenho outro domicílio senão o Petit Gennevilliers...* Nas entrelinhas desta e doutras cartas enviadas a amigos, estava implícita outra mudança profunda. Doravante, Charlotte estaria junto dele em permanência.

Pela primeira vez verdadeiramente independente, Gustave tratou de edificar o seu domínio. Aos poucos, através de acrescentos sucessivos e obras de melhoramento, foi formando uma ampla e bela propriedade, constituída por um edifício principal de dois andares, com janelas rasgadas sobre o jardim, duas dependências anexas, ocupadas pelos jardineiros, e um ateliê iluminado por uma claraboia. A casa e o jardim de Petit Gennevilliers desapareceram há muito tempo, mas as fotografias tiradas por Martial revelam a simplicidade e o bom gosto com que Gustave foi preparando a sua casa, onde a presença feminina de Charlotte deverá ter pousado um acento de aconchego. Aí vemos as paredes dos quartos, decoradas com pinturas suas e dos amigos, a sala de jantar, mobilada com parcimónia e ornamentada com as faianças antigas que Martial colecionara.

Mas a parte da propriedade que Gustave preferia situava-se no exterior da casa, nos grandes jardins e na imponente estufa aquecida, onde passava muito tempo, plantando e enxertando as suas flores. Cada vez mais empenhado no cultivo dos seus terrenos, ao constatar que o solo do Petit Gennevilliers era árido, o novo membro da Sociedade Nacional de Aclimatação mandou trazer terra fértil por barco e, durante meses, juntamente com dois jardineiros, aprimorou a obra da natureza. *Como é belo ver brotar da haste frágil a ramagem sadia e vigorosa, o deslumbramento do primeiro desabrochar. A laboração vegetal é um milagre de Deus,* escutara Gustave a Alfred, uma vez, num dos seus sermões. Ou talvez tivesse sido numa das partituras tocadas por Martial.

As mesmas flores que, pela altura em que Gustave se instalou em Petit Gennevilliers, brotavam dos canteiros ou germinavam nos vasos da estufa, girassóis, margaridas, rosas, gladíolos, crisântemos, papoilas, angélicas, apareceram nas pequenas telas que Gustave pintou por esses anos, coloridas e delicadas, efémeras e tocantes. Umas vezes são naturezas-mortas, peónias, rosas, lilases, cortados e mostrados numa jarra. Outras vezes, as flores ocupam a tela toda, sem propósitos naturalistas, percebendo-se que o pintor enfatizou as formas e as cores, afastando-se aos poucos da vontade de figurar e tendendo, devagarinho, para uma certa abstração. Demasiado trabalhadas para serem consideradas meros estudos, demasiado casuais para se afirmarem como obras-primas, as telas pintadas por Caillebotte durante este período parecem executadas sem grandes intentos, que não os de alguém que, cansado de propósitos e de crenças, tomasse o pincel por puro prazer. Alguém que, ocupado com outras coisas, o seu amor, o seu jardim, a sua paixão pelos barcos, esquecesse que a pintura fora um dia uma urgência, um desejo de afirmação.

Gustave continuou a receber Martial, sempre sem Marie, que reprovava o concubinato em que vivia o cunhado, e os amigos íntimos, sobretudo Renoir, que se deixava ficar com a mulher por largas temporadas e instalava o cavalete nos jardins ou na margem do Sena que bordejava a propriedade. Conversava-se sobre arte, política, literatura. À medida que se sucediam as iguarias, regadas por bons vinhos, os ânimos exaltavam-se e as vozes elevavam-se acima do fumo dos charutos, por vezes em risos, por vezes em protestos, que despertavam a cadela *Bergère* da sua modorra e a faziam soltar latidos assustados. Mas, logo que a última carruagem rolava pelo caminho de saibro, reconduzindo o último convidado, e Charlotte, num ritual silencioso, começava a apagar a chama dos candeeiros, Gustave aproximava-se da rapariga, cingia-lhe a cintura e, sentindo o cheiro morno que se desprendia do seu pescoço, pousava-lhe na nuca um beijo delicado.

Sem sobressaltos, sem indecisões, sem falhas, sem obstáculos, o beijo pousado pelos lábios de Gustave na pele perfumada de Charlotte veio de longe, atravessou os tempos e logo prosseguiu a sua marcha ininterrupta, reunindo-se, como a Autora deste livro deseja, a todos os beijos de todos os amantes de todas as partes do mundo, alimentando-se do seu fulgor, da sua vontade, até mesmo da sua efemeridade. Porque não é só a morte a poder tudo. Será mesmo assim na realidade?, pergunta ela dentro de si, estendendo a mão para o ombro do homem que agora dorme ao seu lado. Lembra-se da quantidade de vezes em que lhe disseram ou ela disse a alguém: «Não me imagino a viver sem ti.» E de como todas essas pessoas desapareceram da sua vida, deixando-a mais ou menos atormentada ou indiferente, sem que a morte ou o destino tivessem tido nesses desfechos uma parte relevante. Talvez haja sempre uma punição terrível a impender sobre os amantes que se amam com amor extremo. Talvez Helena soubesse dizer-lhe alguma coisa sobre isso, mas, pelo menos hoje, não será a Autora a perguntar-lho.

Pouco tempo depois de se ter instalado definitivamente em Petit Gennevilliers, Caillebotte apresentou-se nas eleições municipais, acabando por ser eleito para o Conselho Municipal. Quando chamado a escolher a sua parte de responsabilidade na gestão da comuna, optou por integrar a comissão encarregada das festas e, como habitualmente, aplicou-se a fundo. Aumentou o salário do acendedor de candeeiros, votou a favor de melhoramentos das ruas, custeou a iluminação pública e os uniformes novos dos bombeiros. Em tudo isto, além de vontade e audácia, punha dinheiro, o bastante para contornar as lentidões administrativas que, já nessa época, faziam com que só raramente uma deliberação política fosse logo aplicada.

A presteza com que tiravam o chapéu à sua passagem, os sorrisos com que era presenteado no mercado, reforçavam-lhe o sentimento de pertença àquela vila sossegada que escolhera para morar. Aquele era o seu chão. Aquela rapariga de passado duvidoso, que engordava devagarinho a seu lado, mercê da boa alimentação e da vida tranquila, era a sua. E tudo o resto também era seu, a sua fiel *Bergère*, as suas flores, os seus barcos, o seu pedaço de rio, o seu tempo. Às vezes, por uma meia palavra de Charlotte, um olhar, uma carícia mais pensativa sobre a cabeça de uma criança, imaginava que a rapariga devia querer um filho. Ele, Gustave, não o ousava, assustado com a possibilidade de perdê-lo na infância tenra, como tantas vezes sucedera com o pai, ou com a perspetiva de ver Charlotte morrer durante o parto. Pouco lhe importava que não tivessem filhos. Viveria, passaria, acabaria, como tudo acaba e passa. Não impedia que os anos corressem calmos, numa espécie de mediania suave.

Aos poucos, a reputação de horticultor de Gustave foi-se afirmando de tal modo que o próprio Claude Monet, agora instalado em Giverny, solicitou os conselhos do amigo quando tratou de transformar o pomar da sua propriedade num jardim florido. Em torno deste gosto em comum, os dois foram entretecendo uma amizade bem mais íntima do que no tempo em que participavam juntos nas exposições impressionistas ou até daqueloutro em que Gustave pagava a renda a Claude e lhe adiantava dinheiro para as despesas. Partilhavam sementes, trocavam conselhos sobre o crescimento das plantas raras, visitavam-se com regularidade. Gustave continuava a pintar, é certo, realizando, durante este período, muitas vistas de árvores e de rios influenciadas por Monet. Mas a correspondência trocada entre os dois, na qual se fala do aroma suave das peónias, das nuances raras das orquídeas, da delicadeza das pétalas dos crisântemos, do convite urgente que um amigo lança ao outro para que venha rapidamente visitá-lo, a fim de poder assistir à florescência efémera das íris, não deixa margem para dúvidas. Já não são dois pintores que se correspondem, dois revolucionários da arte, mas sim dois horticultores, pintando nas horas vagas, cuidando, cada um, do seu jardim, onde reservam um recanto, mais recolhido, para se deixarem envelhecer.

Por esse tempo, Gustave Caillebotte não era apenas o velejador mais premiado de França e o dono de uma frota de veleiros batizados com nomes engraçados e muito pouco conformes à boa moral (como *Roastbeef*, *Lézard* ou *Cul-Blanc*), como também se tornara um engenheiro naval reputado. Apaixonado pela velocidade, procurava continuamente melhorar o desempenho das suas embarcações. Lia, observava, comparava. Depois, introduzia nos seus desenhos inovações como a substituição das velas tradicionais pelas velas de seda ou o uso do lastro exterior. A dada altura, decidiu que as horas passadas no ateliê a projetar veleiros já não bastavam. Comprou, então, um pequeno estaleiro, muito perto da sua propriedade, onde podia supervisionar a construção dos seus barcos.

As vitórias sucediam-se, as encomendas afluíam, os seus projetos eram publicados em revistas estrangeiras. «O senhor teu irmão não sabe o que fazer ao dinheiro», comentava Marie. Helena costumava usar a palavra *diletantismo* quando se referia ao interesse de Caillebotte pela construção de embarcações na que viria a ser a sua derradeira década de vida, mas a Autora deste livro acha, ao invés, que esse interesse crescente era mais um prolongamento da sua pesquisa estética, que já não passava só pela pintura, ou já não passava principalmente pela pintura. Gustave tentaria, nos seus barcos, obter a linha ideal, o equilíbrio perfeito entre as exigências técnicas e a beleza das formas. Era o que ela faria no seu lugar.

À medida que a sua dedicação às regatas foi aumentando, Gustave foi pintando cada vez mais barqueiros, veleiros, paisagens à beira-rio ou à beira-mar, nas quais estudava os efeitos da atmosfera sobre o caudal ou a ondulação. *Veleiros em Argenteuil* é uma das telas deste período. Gustave pintou-a numa só tarde, com Charlotte a seu lado. Instalara o cavalete na margem do Petit Genevilliers, de modo que a vista sobre Argenteuil se apresentava algo distante. A frota de barcos de recreio estava atracada junto à ponte de Argenteuil. Atrás dos arcos, viam-se os pilares da outra ponte de caminho de ferro e os cumes de Sannois e de Orgemont. O silêncio típico dos dias da semana só era cortado pelos gorjeios muito suaves dos pássaros. «Tenho de aproveitar a luz», explicou Gustave, movendo rapidamente o pincel, a fim de captar os reflexos cintilantes do caudal. Apesar de pintado *sur le motif*, o quadro resultou solidamente estruturado por fortes linhas horizontais e verticais (os pilares, os mastros dos veleiros), contrariadas por linhas oblíquas mais subtis (o pontão de madeira, as velas triangulares), conferindo à composição um equilíbrio singular. A superfície da tela está trabalhada em pinceladas espessas e apertadas, muito diferentes dos efeitos mais fluidos de Monet e Renoir.

Quando expôs esses mesmos *Veleiros* na exposição retrospetiva dos impressionistas organizada por Durand-Ruel, Gustave parecia ultrapassado. Manet, Renoir, Sisley e Monet tinham começado a representar o assunto por volta de 1870. Gustave não o ignorava. Comparadas com as dos amigos, as de Monet, por exemplo, as paisagens que pintava por essa altura pareciam meras cópias, pouco ambiciosas, pouco ousadas. Embora as composições permanecessem invulgares, ou porque obedeciam a ângulos estranhos, ou porque pareciam arbitrariamente cortadas, as perspetivas eram menos forçadas do que na maioria das cenas urbanas de Paris que tinham feito, realmente, a sua originalidade.

A capital continuava mesmo ali ao lado, mas os anelos da modernidade, agora, interessavam-lhe pouco. Ainda assim, Gustave visitou por duas vezes a Exposição Universal de 1889, a primeira com o irmão e a cunhada, a segunda com Charlotte, Renoir e a sua mulher Aline. Destinada a assinalar o centenário da Revolução Francesa, a Exposição decidira afirmar o domínio sobre o ferro, docilmente dobrado, enformado, revoluteado, nas linhas audaciosas e rendilhadas de uma torre gigantesca. Marie, que tinha o pavor das alturas, recusara subir, e Gustave e Martial, por delicadeza, também não o tinham feito. Mas, da vez seguinte, Gustave, Renoir e as mulheres contribuíram para o número de cem milhões de visitantes que, entre maio e outubro, puderam gozar da visão sem precedentes da primeira capital do mundo contemplada do alto de uma torre descomunal.

No regresso, vinham tão animados com a experiência que dispensaram a carruagem e atravessaram meia Paris a pé. As mulheres manifestaram o desejo de entrar nos grandes armazéns instalados entre a rua do Havre e o bulevar Haussmann, igualmente reconstruídos numa ampla e ousada arquitetura em ferro e vidro, depois do incêndio que os destruíra uns anos antes. Como bons burgueses, incorporaram-se na pequena multidão de cavalheiros de chapéu alto e sobrecasaca escura e senhoras de chapéus emplumados que cruzavam as galerias. No ar, respirava-se o aroma cálido dos perfumes das mulheres, misturado com o cheiro dos vernizes recentes aplicados nos soalhos. Enquanto Charlotte e Aline mergulhavam as mãos nos cortes de seda e aceitavam experimentar os vidrinhos de perfumes que as empregadas, bonitas e sorridentes nas suas fardas impecáveis, lhes aproximavam do rosto, Auguste discorria sobre os vários motivos que naquele cenário se ofereciam a um pintor: a profusão de objetos, o luxo das roupas, a excitação dos clientes, até aquela empregada ruivita, ali ao balcão, parecendo imensamente triste e desamparada por detrás do sorriso e do uniforme. Gustave concordava, mas pensava noutra coisa. Tinha sido necessário que todas as grandes invenções do século, caminhos de ferro, telégrafos, ascensores, telefones, energia elétrica, se associassem para desembocar nessas fantásticas aglomerações de mercadoria e de funcionários, que se chamavam La Samaritaine, Le Bon Marché ou Le Printemps. Um dia, tudo dentro desses grandes armazéns, a arquitetura, a decoração, as luzes, os produtos, seria tremendamente obsoleto. Que esperar, então, dos indivíduos que passeavam pelas suas galerias?

Curiosamente, nesta época em que Gustave Caillebotte se afastava da capital, concentrando-se nos seus jardins, nos seus barcos, na sua vida pacata, aumentava muito o interesse dos pares e da crítica pela sua pintura. O pintor norueguês Erik Werenskiold, amigo de Munch, escrevia nas suas anotações que Caillebotte era o mais importante pintor de vanguarda, com as suas perspetivas nada convencionais, as suas vistas absurdas, os seus espaços distorcidos. Em dezembro de 1887, o belga Octave Maus, presidente do grupo dos *Vinte*, escrevia a Gustave para o convidar a participar na terceira exposição anual de artistas que iria decorrer em Bruxelas. Mais ou menos por essa altura, Vincent Van Gogh pedia ao irmão Théo que espreitasse os quadros de Caillebotte na exposição de pintores impressionistas e pós-impressionistas de Durand-Ruel, justificando-se: *Nunca vi nada dele, e queria pedir-te que me escrevesses a contar como é a sua obra*. A partir desse ano, o holandês começou a pintar cenas de rua com perspetivas vertiginosas e figuras isoladas. Em 1891, Edvard Munch estadiava pela segunda vez em Paris, a fim de estudar desenho com Léon Bonnat, que continuava a ser admirado pelo público e muito apreciado como mestre. Munch, que arrendara um apartamento no número 49 da rua de La Fayette, ficou fascinado com a pintura de Caillebotte *Uma Varanda, Boulevard Haussmann*. Pintaria logo a seguir *Rua La Fayette*.

Gustave ia recebendo os ecos deste interesse, na correspondência dos amigos, nas visitas de Maurice, de Auguste ou do próprio Martial. Quando lhe falavam dos novos pintores debruçados sobre a sua obra, Gustave parecia escutar atentamente. Martial encarava o irmão. Reparava nos cabelos grisalhos, cortados rente, no rosto vincado, no olhar cansado, e reparava que no seu sorriso pairava uma espécie de sombra, que não era tristeza, nem despeito, nem desilusão, mas a ilustração perfeita da melancolia. Gustave sorria, não porque desconsiderasse o interesse dos jovens pintores que iriam trilhar caminhos que não eram exatamente os dele ou que não eram de modo nenhum os dele; não porque a influência da sua obra sobre a pintura do futuro lhe interessasse verdadeiramente; mas porque compreendia que tudo na vida era como o vento de setembro, ainda morno, que, lá fora, silvando entre os canteiros, sacudia os caules das tulipas. Um sopro bonito, brando e passageiro, como o que a Autora deste livro surpreende, ao abrir a porta da sua varanda, para perceber subitamente que o verão já terminou.

13

O interesse de Martial pela fotografia aumentou após o casamento, por influência do cunhado, Maurice Minoret, que era um fotógrafo exímio, e acentuou-se com o nascimento dos filhos. Jean, nascido em 1888, e Geneviève, nascida dois anos depois, seriam os motivos preferidos do pai, que se dedicou ao registo intimista e enternecido das memórias familiares. Graças às recentes inovações na técnica fotográfica, que requeriam um menor tempo de pausa, conseguiria representar quase intantaneamente os filhos a partilharem um doce nos jardins da sua nova vila sumptuosa, situada junto ao porto de Pornic, ou Gustave e os sobrinhos a passearem, durante a maré vaza, na praia de Noëveillard: as crianças, encantadoras nos chapéus com fitas e nos calções curtos; o tio Gustave, de guarda-chuva fechado na mão e a bainha das calças enrolada com displicência, voltando-se para trás, no momento em que é captado pela objetiva. Logo a seguir, enquanto as crianças corriam contra o vento que varria o areal, Gustave descalçou os sapatos e deixou-se ficar sentado, os pés enterrados na areia húmida, os dedos esticados em busca dos veios de água que emergiam mais abaixo, num gesto brincalhão, quase infantil. É por isso que, nesse retrato, o meio-sorriso de Gustave cresce, cresce, cresce por dentro dos olhos da Autora deste livro, até se converter num riso aberto, solto, límpido, sonoro.

Martial reconstituiu também nas suas fotografias muitos dos cenários e enquadramentos das telas do irmão. Personagens debruçadas numa varanda; vistas das praças novas e dos grandes bulevares; cenas de rua nas quais o pavimento ocupava o primeiro plano. Mais do que isso, Martial fez do irmão um dos grandes motivos das suas fotografias. Fotografou Gustave de boné e tamancos no interior das suas estufas, vigiando o desenvolvimento das orquídeas. Fotografou-o à mesa de trabalho do seu ateliê, projetando veleiros. Fotografou-o sentado no jardim de Petit Gennevilliers, com a cadela *Bergère,* a pose despretensiosa, o olhar alheado. É assim que, nos retratos de Martial, vemos Gustave representado em todas as atividades a que se dedicou, menos a pintura. É verdade, confirmara Helena, Martial não deixara nenhuma imagem de Gustave a pintar.

Por vezes, Gustave acompanhava Martial nos seus passeios fotográficos. Começavam ao nascer do sol, para aproveitarem a luz transparente da manhã e evitarem o movimento nas ruas. Encontravam os passeios molhados, de serem aspergidos pelos veículos da prefeitura encarregados de manter a limpeza da capital. À porta das tipografias, os ardinas, vindos dos arrabaldes, de Saint-Denis, de Sceaux, de Versalhes, tremiam de frio e aguardavam a saída dos jornais, que levariam, correndo, aos quiosques da capital ou às estações de caminho de ferro, que por sua vez os transportariam às províncias. Os primeiros carros de verduras começavam a chegar a Les Halles. Os padeiros entravam pelos portais abertos dos prédios.

Martial passeava a silhueta alta, algo curvada, arrastando a grande e volumosa câmara de fole, o tripé de madeira, as caixas com placas de vidro. Por vezes, Gustave pensava em puxar do caderno para rabiscar um esboço, mas sentia-se invadido por uma estranha inércia, como se os cenários de Paris já não o cativassem. Em vez disso, posava para o irmão. Um retrato de Gustave e *Bergère,* na praça do Carrousel, diante do Louvre, recorda essas ocasiões. O homem elegante, impecável, de chapéu alto e sobrecasaca, sorri para a cadela, voltada para o dono com uma expressão submissa.

Entretanto, a cidade despertava sob os gritos dos cocheiros e os pregões dos vendedores ambulantes. Olhando todas aquelas pessoas que se cruzavam, corriam, conversavam, Gustave interrogava-se sobre a vida delas, de onde vinham, para onde iriam, onde todos dormiriam nessa noite. Os irmãos regressavam à casa de Martial ao princípio da tarde. Marie dava ordens para o almoço. O pequeno Jean pedia invariavelmente a Gustave que lhe desenhasse uma borboleta. Enquanto o tio lhe fazia a vontade, Martial expunha as placas fotográficas, a fim de começar a revelá-las.

Ei-la, finalmente. Está sentada à mesa do costume, virada para a porta. Apercebe-se da chegada da Autora, ergue-se bruscamente da cadeira, vem abraçá-la. «Que bom que veio. Não queria que nos separássemos daquela forma.» Ligeiramente embaraçada, a Autora pergunta a Helena se tenciona viajar. «Não, a viagem não será minha. Quero falar-lhe da última viagem de Caillebotte.» Helena parece ainda mais magra, quase transparente, mas o entusiasmo que a anima, pairando acima da fragilidade do corpo, enche-a de uma beleza tocante que a Autora ainda não descobrira. «Sabia dessa viagem? A viagem que Gustave fez à Normandia?»

No princípio de 1892, Gustave viajou até Domfront, a fim de visitar a casa do seu tio-avô Nicolas, o historiador. A velha moradia de tetos baixos, erguida contra as muralhas da antiga fortaleza, era agora um dos grandes pontos de interesse da aldeia. Atravessando o velho soalho carcomido dos aposentos do antigo partidário da Revolução e acercando-se da varanda, Gustave abalançava o olhar sobre os canteiros de rosas e lilases entalados nos interstícios das muralhas e, mais ao longe, sobre a planície larga repleta de macieiras. A imagem valeria pelo menos um esquisso. Que ele não fez.

Munido de alguns dos preciosos documentos que o tio recolhera, Gustave dedicou uns dias a percorrer a região, reproduzindo os passos de Nicolas e deparando com alguns dos vestígios históricos que o tio-avô indagara. A avaliar pelas notas de Nicolas, quase tudo eram enigmas para os homens sábios da modernidade. Quem saberia, agora, distinguir os destroços do castelo merovíngio das ruínas da vila galo-romana? E identificar as ossadas anónimas sepultadas em cada canto? Também Gustave interrogava os frescos, as molduras, as medalhas, as fontes em pedra, os escombros, as armas amolgadas. «Quem és tu? Como te chamas? Que guardavas nesta ânfora? Estas lâmpadas alumiavam a tua sala de jantar ou eram devotadas aos teus antepassados? E este alfinete de ouro ornamentava o colo da tua amada ou prendia a tua capa sobre os ombros?» Se alguém lhe respondia, nesse exato momento em que os seus olhos cinzentos quase se enterneciam, nem a Autora deste livro, nem sequer Helena, tão cheia de informações e cujo discurso hoje parece quase poético, seriam capazes de o confirmar.

«Assim, a existência de Gustave Caillebotte nos seus últimos anos de vida apresenta-se cada vez mais concentrada num espaço íntimo, longe da agitação da capital, das intervenções públicas, mais próxima das suas origens.» Helena fala continuamente, atropelando as palavras. Dir-se-ia recear os silêncios, ter medo de que a Autora se levante e vá. «A certa altura, o Conselho Municipal de Petit Genevilliers decidiu começar a taxar a ocupação das margens do Sena pelas embarcações de recreio. Incapaz de travar essa resolução, tão prejudicial para as regatas, Caillebotte aborreceu-se com a política e decidiu demitir-se do Conselho. Continuou a construir iates, a colecionar barcos e a somar vitórias nas regatas, mas pareceu sobretudo recobrar interesse pela pintura. Pintou pequenos ambientes domésticos, cenas de rio e quadros com flores, muitas flores. Dálias, crisântemos, papoilas, orquídeas, antúrios, margaridas, azáleas. As últimas pinturas de flores, em que o tema, sem enquadramento, preenche toda a tela, lembrando os motivos japoneses, fazem pensar, como já apontaram muitos observadores, nas séries de nenúfares de Monet. Mas foram feitos dez anos antes. Note bem: dez anos antes.»

O cansaço obriga Helena a uma pausa. Como de costume, o chá por beber arrefece na chávena. Diante dela, calada, atenta, a Autora parece esperar uma revelação. «As últimas pinturas de jardins de Caillebotte estão geralmente desprovidas de figuras humanas, mas, quando estas aparecem, surgem harmoniosamente fundidas na paisagem natural, bem ao jeito do impressionismo e tão diferentes, em termos de traço, paleta e composição, das presenças humanas nas longínquas telas de Yerres. São quase sempre Charlotte, Renoir e Aline, uma ou outra vez Martial, enfim, o pequeno círculo íntimo.»

Helena cala-se de novo. O seu olhar procura o da Autora, pedindo-lhe algo que ela não compreende. Durante um minuto, no café penumbroso, só se ouvem as vozes monótonas do programa de televisão da tarde, o ruído de um velho que desvia a cadeira sem intenção de se levantar, do empregado de costas que arruma, num tilintar discreto, copos de vidro numa prateleira atrás do balcão. Helena permanece em silêncio, menos como alguém que tivesse esgotado o assunto, mais como alguém que se tivesse exaurido num derradeiro esforço. «Continue você», balbucia, enquanto leva aos lábios a chávena de chá. E a Autora continua, é certo, mas quieta, em silêncio, prosseguindo a história dentro de si.

Dálias: o Jardim em Petit-Gennevilliers é o último quadro que revela Charlotte. Por essa altura, Gustave pintou também um autorretrato a três quartos, a que todos se referem como o último e que está exposto no museu de Orsay, mas que talvez não o seja exatamente, já que a última vez que o pintor se representou foi na tela *Regata em Argenteuil*. Nesse ano de 1893, o Clube de Vela de Paris viu-se obrigado a deixar a bacia de Argenteuil devido à construção da nova ponte-aqueduto de Colombes, destinada a evacuar as águas dos esgotos parisienses, e que iria cortar ao meio o caudal onde corriam as regatas. «Não tentes carregar o mundo às costas», sussurrava Charlotte a Gustave, quando ele, preocupado com o futuro do clube, ainda ponderava a aquisição de uma parcela de terreno em Meulan, a fim de aí fazer rasgar os alicerces das novas instalações. «Não tentes carregar o mundo.» Gustave deu-lhe razão e instalou o cavalete para representar a última regata em Argenteuil.

As pinceladas soltas, as tonalidades abertas, os efeitos de luz, fazem lembrar as cenas náuticas de Monet. O leito tranquilo do Sena está coberto de veleiros; alguns permanecem amarrados; outros já navegam, entre os quais aquele em que viaja o pintor. Nesse, um companheiro que a Autora não consegue identificar, de frente para o rio e de costas para o espectador, está concentrado em ajustar as velas. Sentado atrás, de remo pousado, Gustave vigia o leme. Do conjunto das embarcações em marcha, de velas desfraldadas, todas singram a favor do vento, afastando-se da margem. O barco de Gustave é o único que navega contra o vento. Gustave, o timoneiro, está ligeiramente curvado. Volta-se na direção do espectador, e é nesse instante, nesse momento captado, que a Autora deste livro se sobressalta. Porque o ponto de vista imposto, muito próximo, não é o de quem esteja situado na margem, mas antes o de quem viaje num barco mesmo atrás do pintor.

A Autora pensa que poderia contar tudo isto a Helena; seria caridoso se o fizesse. Talvez ela mesma o saiba, enquanto especialista na pintura de Caillebotte. Mas Helena parece absorta, olhando através do vidro embaciado. «Estamos quase no outono. Foi há um ano que nos conhecemos. Há algo errado no modo como contamos o tempo ou assinalamos datas, achando que a nossa vida se ordena numa sucessão ininterrupta de ocorrências. Não é assim. Na minha vida cheia de impermanências, a única coisa que permanece são os quadros de Caillebotte. Existem desde que me lembro.» Agora, Helena encara a Autora. A mão, que estivera escondida, coloca em cima da mesa um frasco. Os comprimidos, pensa rapidamente a Autora. «Os comprimidos», confirma Helena. «Não tente demover-me. Hei de adormecer, hei de sonhar com o Francisco. Ou então hei de ir morar para Chicago, para ficar perto do meu quadro preferido.» A advertência é, contudo, inútil; a Autora não fala, não esboça um gesto. Helena continua, e a voz é baixa e pausada, mas cheia de determinação. «Não consigo melhorar. Para si talvez ainda haja esperança. Vá-se embora. Não deixe de escrever o seu romance.»

Não é fácil deixar Helena no café dos velhos e imaginar que, depois da sua partida, ela pode engolir os comprimidos com o chá amargo. Sem enfrentar a outra, dominada por uma súbita emoção, a Autora levanta-se, atravessa em passos rápidos os poucos metros que a separam da porta e sai. Helena, os velhos, o empregado, o café soturno, ficam para trás, envoltos na neblina que cobriu a cidade de repente. Chegada ao cruzamento, a Autora hesita, antes de prosseguir, porque há caminhos que não são fáceis, mesmo quando são inevitáveis. Não é fácil deixar Helena, mas também não é fácil viajar até àquela fria e luminosa manhã de fevereiro em que Gustave Caillebotte avança devagar pelo caminho saibroso do seu jardim.

A Autora avista Gustave, finalmente. Um homem de meia-idade, o cabelo já grisalho, muito curto, os olhos que hoje parecem azuis destacando-se no rosto fino e pálido. As portadas da casa ainda estão cerradas. Charlotte está recolhida; o cachorrinho deve dormir aos seus pés. Coberto pelo casacão cinzento, os pés enfiados nos tamancos, as mãos calçadas numas luvas de calfe manchadas pelos tons da terra e da erva cortada, o homem tem uma aparência tão pouco burguesa que mais parece um dos jardineiros destes canteiros, onde para já se exibem as rosas de inverno, tanto quanto possível protegidas do vento e das geadas, mas onde na primavera irão florescer todas as espécies de flores, embrulhadas, luxuriantes, prontas a desobedecer a todos os planos que os seres humanos possam engendrar. Do cimo daquele canteiro, Gustave contempla a sua existência atual. O ateliê, o jardim, o pequeno porto construído sobre o Sena, a sua frota de veleiros alinhados. A presença pressentida de Charlotte, no calor da casa, onde a cozinheira já terá começado a preparar o desjejum. A velha *Bergère* a dormir aninhada junto ao fogão da cozinha. Há muito que se sente cansado.

Hoje está entorpecido pelo frio, mas as roseiras de inverno precisam de ser cuidadas. Um arrepio trespassa-o, a ponto de pousar a tesoura e começar a tremer, convulsionado. «Que tens?», pergunta-lhe Charlotte, vendo-o regressar a casa tão cedo, tão pálido, o rosto crispado. «Não tenho nada», responde Gustave, aceitando a chávena quente que a mulher lhe pousa nas mãos, mas saindo logo da sala. «Vou pintar.» No ateliê aquecido pela salamandra, a atmosfera é tépida e confortável, e o pincel desliza pela tela, movido pelos gestos habituados, mas a dor na cabeça que começara discreta, insinuante, acompanhada de um estranho zumbido, torna-se aguda e percutante. «Vou morrer», pensa Gustave, um pensamento mudo, repentino, sem possibilidade de se extravasar em melancolia ou desgosto. O ruído surdo de um corpo que tomba no soalho não chega a sentir-se na cozinha. Mas Charlotte não demora muito a procurar Gustave no ateliê, onde o encontra caído, inconsciente, de pincel entre os dedos.

No dia seguinte, 22 de fevereiro, os jornais parisienses davam a notícia de que o pintor impressionista Gustave Caillebotte morrera na véspera, em Petit Gennevilliers, aos quarenta e seis anos. Erravam por pouco, já que Gustave faria anos em agosto. No dia seguinte, alguém, a mesma pessoa que lhe falara de Helena, telefonou à Autora, dizendo-lhe que a professora de história da arte estava desaparecida. Na véspera, a mulher-a-dias que lhe limpava a casa de duas em duas semanas encontrara o apartamento deserto, perfeitamente arrumado, e o armário dos comprimidos vazio. Era um telefonema inofensivo, ainda que relativamente preocupado. Ninguém, nem as autoridades, nem a universidade onde Helena dava aulas, nem sequer a pessoa que contactara a Autora, iriam perder muito tempo com uma professora em situação de baixa médica prolongada, uma viúva sem família, uma mulher profundamente perturbada.

A Autora escutou a notícia com desatenção. Nessa manhã, tratava-se de Helena, claro, mas tratava-se sobretudo de acompanhar as cerimónias fúnebres de Gustave na igreja de Notre-Dame-de-Lorette. Por consideração para com Alfred, pároco da igreja e irmão mais velho do falecido, as altas autoridades eclesiásticas esqueceram o concubinato em que Gustave vivia e marcaram presença na celebração, que foi longa e demorada, pontuada pelas intervenções do coro. Fora da igreja, o carro fúnebre aguardava, coberto por coroas de flores oferecidas pelas mais diversas entidades, como a União dos Iates Franceses, o Círculo de Vela, os marinheiros e os residentes de Petit Gennevilliers. Os representantes destas entidades acumulavam-se na nave central, juntando-se aos que tinham vindo por amizade a Gustave, como Renoir, Monet, Brault, Gallo. Para não indispor Marie nem a família Minoret, Charlotte deixou-se ficar atrás, o rosto coberto por um véu espesso, e não foi ao cemitério.

A imprensa das artes falou amplamente de Caillebotte, centrando-se já, não sem uma certa ironia, no seu papel de impulsionador do impressionismo. *O cordial Caillebotte apreciava o talento dos impressionistas, sentia-se vibrar com eles nas mesmas aspirações artísticas e achava muito natural ajudá-los a desembaraçar-se, ou, melhor ainda, permitir-lhes realizar a sua obra e mostrar o seu valor ao público.* Alguns jornalistas, poucos, conseguiam destacar a delicadeza que o tornara um patrono especial. *E fez tudo isso sem ostentação, sem brincar aos mecenas, com toda a simplicidade de um bom camarada, a quem um mero agradecimento iria constranger.* Pissarro escreveria ao filho: *Perdemos um amigo sincero e devotado, bom, generoso, e um pintor de talento.* Sinceramente abalado, Auguste Renoir pronunciaria um elogio claro:

Tudo o que ele queria era ajudar os amigos. Era muito simples: ele só comprava as pinturas que eram consideradas invendáveis.

Nos cafés, comentava-se que morrera o pintor diletante, o homem de talento incoerente, discípulo do académico Bonnat e parceiro dos impressionistas, o milionário excêntrico que não sabia se haveria de esbanjar dinheiro em barcos, flores raras ou pinturas disparatadas. Assim, desde a manhã que se seguiu à sua morte, a reputação de Caillebotte como colecionador displicente preparava-se para esconder a dimensão do artista por muitos e muitos anos.

Fora a primeira coisa que lhe dissera Helena, naquele encontro em outubro. E, regressando ao seu tempo e ao telefonema que lhe dera conta do desaparecimento da outra, a Autora prometeu a si própria que, no dia seguinte, passaria pelo café dos velhos.

Na perturbação de Charlotte, ao transpor o pequeno lanço de escadas que conduzia ao ateliê de Gustave, apenas uns dias após a sua morte, a Autora deste livro reconhece, por também já a ter experimentado, a emoção de todos aqueles que, feridos por um luto recente, entram pela primeira vez no espaço que era o do ente querido, para aí sentirem a sua presença ausente. Helena falara-lhe disso em tempos. De como mantivera o quarto e os objetos de Francisco exatamente como eram; de como, nos primeiros tempos e ainda no presente, lhe acontecia esperar que a qualquer momento ele aparecesse, como por acaso, para os reclamar. No ateliê de Caillebotte, a sala estava vazia, mas dir-se-ia que a qualquer momento o dono iria entrar, reposicionar o banco de madeira, acomodar-se diante do cavalete e retomar a tela interrompida. O cheiro intenso a terebintina e a óleo de linhaça, misturado com o aroma mais discreto do soalho envernizado, era o do costume. Pousados sobre o rebordo do cavalete, os tubos de tinta cujos nomes extravagantes Charlotte costumava gostar de pronunciar também eram os mesmos. Azul-cobalto, castanho manganésio, amarelo de crómio, verde heliotrópio, branco plúmbeo e um vermelho sanguíneo mal fechado, que lhe manchou os dedos trémulos. Na tela, a tinta quase fresca representava um estreito caminho de verdura cortado na neve, ladeado por árvores despidas. A única nota de cor, minúscula, distante, encontrava-se no telhado vermelho de uma casa intuída ao fundo.

A intensidade do desgosto concentrou-se num soluço repentino que quase a sufocou. Charlotte correu pelas escadas e saiu para o jardim. Também aí tudo parecia igual. Para além das mesmas rosas de inverno de que Gustave cuidara na manhã da sua morte, só canteiros nus, onde, apesar de tudo, se Charlotte se tivesse dobrado sobre eles, já se notavam os primeiros brotos de verdura a rebentar a terra, numa promessa de renovação. Mais ao longe, os barcos balançando na água lisa do rio. Sim, tudo parecia inalterado, na ilusão da vida continuada. Um sopro de vento arrepiou Charlotte. *Bergère,* de focinho caído, percorria as alamedas do jardim. «Vem cá», chamou baixinho Charlotte, «*Bergère,* vem cá». A cadela não se aproximou e prosseguiu no seu caminho solitário. Secando as lágrimas com o punho do vestido, Charlotte pensou que um bom título para a tela inacabada seria *Jardim do Petit Gennevilliers no inverno.*

Em novembro de 1889, Gustave juntara um codicilo ao seu testamento, mediante o qual deixava a Charlotte Berthier uma renda anual de doze mil francos e uma pequena casa em Petit Gennevilliers, até então arrendada a um construtor de barcos e antigo proprietário dos estaleiros que Gustave comprara. Convocada pelo notário, Charlotte fez-se acompanhar de uma certidão de nascimento que esclarecia que o seu verdadeiro nome era Anne-Marie Hagen, nascida em Paris em 1858, no bairro da Porte-Saint-Martin, pondo assim a nu as suas origens sociais, mais do que humildes, miseráveis, e o seu percurso social, mais do que suspeito, duvidoso. Mas nada disso lhe importava agora.

Charlotte viveu quase dez anos na sua casa em Petit Gennevilliers. Renoir e Aline visitaram-na algumas vezes. Um dia, levaram consigo o pequeno Jean, o menino que lhes nascera poucos meses após a morte de Gustave, e que usava os cabelos, ruivos e densos, tão compridos como os de uma menina. Durante algum tempo, espaçadamente, também Martial a visitou. Marie, no entanto, foi fazendo pressão para que ela deixasse a propriedade. Até que, já o novo século tinha começado, Charlotte permitiu que lhe vendessem a casinha e desapareceu algures no Mónaco.

Logo após a morte de Gustave, Auguste Renoir começou a organizar uma exposição de obras do amigo. O próprio Auguste e Martial assinaram, com o nome do falecido, muitas telas que tinham ficado sem assinatura. Em 4 de junho de 1894, a galeria de Durand-Ruel proporcionava aos visitantes uma exposição retrospetiva de Gustave Caillebotte, exibindo quase cento e trinta obras do pintor. O cronista do *Le Matin* lamentava que um artista assim dotado tivesse cedido tantas vezes à preguiça e não tivesse levado mais longe o seu talento. Outro jornalista, no *Le Temps,* protestava contra as inumeráveis e enfadonhas cenas de canoagem. «Não é possível!», exclamou Mary Cassatt, atirando para o lado as folhas do jornal. «Esta gente é duma ignorância!» Gaston Lesault, no *Journal des Artistes,* avisava que o enorme serviço que Caillebotte prestara à nação, como patrono do impressionismo, não deveria fazer esquecer a importância do artista. A advertência do jovem crítico não foi escutada, e Caillebotte pintor começou, desde esse dia, a cair no esquecimento.

Chovia torrencialmente quando a Autora chegou ao café. Abrigada sob o toldo, espreitou pela porta de vidro embaciado, hesitou. Lá dentro, os velhos do costume, atirados para as cadeiras como despojos de vida, o empregado taciturno, as imagens ondulantes do ecrã do televisor. A mesa ao fundo, ao lado da janela, a que costumava sentar-se com Helena, desocupada. Da presença da outra não havia vestígios. A Autora sabia que deveria entrar, procurar, fazer perguntas. Mas algo dentro de si a impedia e a chamava para longe. Como se quisesse Gustave só para si.

14

A intuição do jovem Gustave Caillebotte quando em abril de 1876, ao redigir o seu testamento, percebeu que os tesouros da sua coleção corriam o risco de se verem dispersos por pequenas galerias e museus de província, estava certa. À morte de Caillebotte, a sua coleção continha sessenta e cinco pinturas. A grande maioria fora comprada antes de 1880. Entre os representados, predominavam pintores vivos, como Camille Pissarro, Edgar Degas, Paul Cézanne, Alfred Sisley, Claude Monet ou Pierre-Auguste Renoir. Percebia-se facilmente a razão por que Gustave escolhera algumas dessas telas: enquadramentos bizarros, retratos intrigantes, estudos atmosféricos, motivos estranhos, retirados do quotidiano, da paisagem urbana das gares, do interior dos cafés. Outras, de qualidade manifestamente inferior, denotavam a simples intenção de ajudar o artista que as produzira ou, quem sabe, como pensa a Autora deste livro, obedeciam a um impulso bem-humorado, a um gesto irrefletido. Umas e outras tinham sido adquiridas ao longo de vinte anos, sempre por quantias acima do valor de mercado e, como que por acaso, sempre que os amigos passavam por maiores dificuldades.

Alguns dias após a morte de Gustave, Martial e Auguste, seus executores testamentários, foram recebidos pelo diretor dos museus nacionais de França para o informarem acerca das disposições de Caillebotte a respeito da sua coleção particular. Depressa perceberam as dificuldades que teriam de ultrapassar, caso quisessem cumprir a vontade do falecido. Segundo os regulamentos, o museu do Louvre só podia acolher obras dez anos volvidos sobre o desaparecimento dos seus autores. Quanto ao museu do Luxemburgo, estava a rebentar pelas costuras. Por cada quadro acrescentado à coleção exposta seria necessário retirar um, algo impensável para os curadores. Como se estas razões não constituíssem já obstáculos consideráveis, o Estado francês tinha por norma não exibir mais do que três obras por artista, e o legado de Caillebotte, em vários casos, ultrapassava essa medida.

Henri Roujon, o administrador das Belas Artes a quem coube tratar do assunto, compreendeu rapidamente que tinha em mãos um assunto delicado. Dividido entre a preocupação, porque em matéria de arte era muito conservador, e a satisfação, porque, graças à doação de Caillebotte, não teria de despender verbas com a aquisição de obras impressionistas, Roujon hesitava entre o desejo de aceitar a coleção e o medo das repercussões oficiais. Combinou-se uma ida a um pequeno armazém que Gustave mantivera no bulevar de Clichy, mas aonde o pintor não ia desde 1893.

No dia aprazado, uma comissão de curadores de museus acompanhou o velho Henri Roujon e o irmão do falecido ao ateliê abandonado. A fechadura estalou com um estampido metálico quando Martial rodou a chave, e a porta rangeu lugubremente, revelando uma desordem empoeirada de telas sem moldura, empilhadas no chão, penduradas nas paredes. *Os Banhistas em Repouso*, de Cézanne, pendiam, desolados, sobre uma porta interior, ao lado de quadros acabados e simples esquissos a carvão. Roujon, de olhar aturdido, percorria silenciosamente aquela espécie de depósito.

«É preciso aceitar!», exclamava Georges Lafenestre, poeta e crítico de arte que integrava a comitiva. «Tudo isto é arte, meus senhores, e muito interessante!»

Roujon convocou um comité consultivo. Uma segunda comissão foi visitar o ateliê. Martial, confuso pelo palavreado legal, e Renoir, ligeiramente agastado pelo tempo que a questão lhe consumia, participaram em reuniões que se arrastaram ao longo de meses. Por fim, encontrou-se um compromisso. O Estado francês autorizou os museus nacionais a aceitarem quarenta das sessenta e cinco telas do legado. Recusavam, entretanto, um Manet, oito Monet, dois Renoir, três Sisley, três Cézanne e onze Pissarro, considerados inadequados, ofensivos ou impudentes. Recusavam-nos, é preciso dizê-lo, com a aquiescência de alguns dos próprios artistas, como Monet ou Renoir, fartos de se verem implicados naquela confusão. O notário de Meaux, no qual Gustave depusera o testamento, avisou que, sob estas condições, não se respeitavam exatamente as disposições do testamentário, que recusara expressamente truncar o seu espólio, mas Martial prontificou-se a conservar em sua casa os quadros que, naquele momento, não fossem aceites. Ao mesmo tempo, insistiu em que, entre as telas doadas, fossem incluídos *Os Polidores de Parquê* e os *Telhados sob a neve*. É que Gustave, por modéstia ou qualquer outro motivo sensível, não incluíra no legado nenhum dos quadros que ele próprio pintara.

As estações sucederam-se. As dálias, os crisântemos, as rosas, as orquídeas, floriram, desfloriram, voltaram a florir e a desflorir nos jardins de Petit Gennevilliers, cada vez menos viçosas, até que, finalmente, em fevereiro de 1896, um decreto ratificou a seleção de pinturas oficiosamente feita pelos museus. Agora, era preciso emoldurar as telas e preparar a sua instalação. Ao cabo de novas dificuldades e muitos atrasos, a coleção foi exibida num anexo provisório do museu do Luxemburgo, construído para o efeito nos jardins. A denominada Sala Caillebotte passava a mostrar ao público os quadros rejeitados pelo Salão, as telas representando gente do povo a divertir-se, bebedores de absinto, lavadeiras de feições grosseiras, espectadores de corridas de cavalos, mulheres a saírem do banho em posições desfavorecedoras, locomotivas imersas na fuligem e no nevoeiro, bastidores de palcos, travessas de maçãs representadas sem noção de perspetiva, figuras cortadas, pinceladas inacabadas, manchas de cor.

Nem o truncamento do legado, nem o facto de os quadros aceites pelo Estado serem exibidos num mero anexo, bastou para impedir o escândalo. Professores da Escola de Belas Artes ameaçaram demitir-se, cofiando nervosamente as barbas e deslaçando a gravata em torno do pescoço; o Conselho dos Museus protestou ruidosamente; sob a instigação de Gérôme e de outros professores da Academia, apelou-se ao Senado. Artistas do salão oficial, especialistas, críticos de arte, o público em geral, manifestaram a sua indignação.

Em 1897, na *Revue Septentrionale*, um crítico anónimo sentenciava: *Se distribuíssemos um par de estalos a cada um dos visitantes que se babam desde há dois meses diante dos Renoir da Sala Caillebotte, a soma dessas correções representaria aproximadamente a força necessária para abater uma manada de cento e cinquenta a duzentas bestas de cornos.* Na *Revue Hebdomadaire*, outro jornalista admitia com falsa candura: *Devo dizer, em boa verdade, que a beleza da maioria das telas expostas na Sala Caillebotte me escapou completamente.* Mais brando, o crítico do *L'Avenir Artistique* confessava ter entrado na sala com a intenção de compreender os pintores cujas obras, antes, o haviam repugnado. *Não tardei a apreciar as suas qualidades expressivas e os seus dons de simplificação, sem todavia ficar insensível aos seus defeitos.*

E, no entanto, os protestos das vozes conservadoras eram, a cada dia que passava, mais vãos, mais fúteis, mais extenuados. Para todos os efeitos, as obras dos pintores impressionistas, acusados de influenciaram negativamente os jovens, de produzirem uma arte doentia e nociva dos interesses nacionais, já pendiam das paredes dos museus.

Depois da exposição, a coleção da Sala Caillebotte foi encafuada num depósito do museu do Luxemburgo. Os quadros recusados ficaram pendurados no apartamento de Martial, no número 9 da rua Scribe. Outros foram decorar a sua imponente vila de Pornic. Martial e Renoir continuaram, ao longo dos anos, a propor ao Estado as vinte e oito obras remanescentes do legado. O Estado continuou a recusá-las. Porém, com a viragem do século, os gostos mudaram, e o impressionismo vingou. Em 1928, mortos ambos os executores testamentários de Gustave, o Estado achou oportuno reclamar essas vinte e oito obras que faltavam. Martial morrera em 1910; Marie, a sua mulher, e Jean, o seu filho, também já não viviam. Foi, assim, a viúva de Jean a receber o pedido, a sorrir com ironia e a dizer que não. No mesmo ano, as obras rejeitadas eram colocadas no mercado e adquiridas por colecionadores particulares. E a França teve de contentar-se com transferir os quadros que tinha para o Louvre, onde a coleção Caillebotte ocupou temporariamente a sala do trono, obrigando a coleção de pequenos bronzes italianos a alojar-se no piso inferior.

Alguns anos depois daquela manhã de inverno, por volta de 1872, em que a Autora deste livro mostrou Gustave a atravessar a cidade a pé para chegar ao ateliê do mestre Bonnat e a debruçar-se sobre os escombros do antigo Tribunal de Contas, a companhia dos caminhos de ferro de Orleães adquiriu esses terrenos devolutos. Na primavera de 1898, quatro anos após a morte de Gustave, os operários começaram a executar os planos de uma nova estação ferroviária, destinada a apoiar a Exposição Universal que Paris iria acolher em 1900, pela quinta vez na sua história. Localizada no centro da capital, a estação permitiria aos passageiros da rede do Sudoeste chegar à cidade já muito perto dos principais locais da Exposição.

O desenho da nova estação obedecia não apenas ao desígnio de proporcionar aos futuros viajantes todas as recentes inovações técnicas, como elevadores para os passageiros e monta-cargas para as bagagens, mas também à ambição de oferecer espaços mais confortáveis e luxuosos do que os de uma estação tradicional, prevendo a edificação de um hotel de luxo na margem esquerda do Sena. Quase quatrocentos operários revezavam-se em turnos esgotantes, para concluir atempadamente o prolongamento das vias a partir da estação de Austerlitz e a construção do edifício. A fim de respeitar a harmonia arquitetónica imposta pela proximidade do Louvre e das Tulherias, a estrutura metálica da estação surgia inteiramente dissimulada sob um envelope de pedra calcária. Graças à locomoção elétrica dos comboios que serviriam a estação e, por conseguinte, à ausência das emanações de vapor e fumo, o arquiteto Victor Laloux pôde mesmo projetar uma cúpula de vidro totalmente fechada e permitir-se um maior arrojo na decoração. Tudo correu conforme o previsto, e, a 14 de julho de 1900, a estação de Orsay e o seu hotel eram inaugurados com grande pompa. Quase comovido, o pintor Édouard Detaille, nascido no mesmo ano que Gustave Caillebotte, comentava que a estação era soberba e parecia um palácio de belas-artes.

Apesar da sua modernidade, a Estação de Orsay seria rapidamente ultrapassada pela evolução dos caminhos de ferro, já que os comboios, cada vez mais compridos, se tornaram inadequados para as suas pequenas plataformas. Durante décadas, os herdeiros de Gustave Caillebotte assistiriam aos episódios que abalaram a vida do edifício. Centro de acolhimento de prisioneiros e de deportados em 1945, local escolhido pelo general Charles de Gaulle para anunciar o seu regresso à política em 1958, cenário de cinema para Orson Welles e Bernardo Bertolucci na década de 1960.

A ideia de transformar as estruturas de Orsay num museu germinou no início dos anos de 1970, quando ainda se aventava que o edifício poderia abrigar escritórios, serviços administrativos ou hotéis. Pela primeira vez, uma construção industrial era reabilitada para acolher um museu importante. A ala central foi cercada por duas galerias, e concebeu-se uma arquitetura suficientemente sólida para se ajustar ao imenso volume da nave. A decoração readquiriu o brilho do passado, mas adaptou-se às exigências do novo século; por exemplo, as rosáceas da abóbada foram reconstruídas segundo os planos originais, mas equipadas com aberturas para expelir ar condicionado.

No dia 1 de dezembro de 1986, era inaugurado o novo museu, destinado a reunir as diversas expressões artísticas de um período muito curto, mas extremamente fértil, da história da arte. Numa vasta galeria que se estendia no quinto piso a todo o comprimento do edifício, a secção da pintura impressionista revelada ao mundo incluía uma coleção constituída por um tal Gustave Caillebotte, que o público mais esclarecido conhecia como colecionador, patrono e pintor amador.

De Helena, nunca mais se soube. As autoridades, pensava a Autora, tinham certamente procedido às habituais diligências; todavia, sem pistas, sem suspeita de crime, rapidamente se teriam desinteressado. Mesmo assim, durante algum tempo, a Autora esperou que a contactassem para prestar esclarecimentos. Esperou tranquilamente, porque se sabia inocente, mas ao mesmo tempo, se isso é possível, com uma certa ansiedade. Um dia, lembrou-se de telefonar à pessoa que lhe indicara Helena, um ano antes, e que depois lhe dera conta do seu desaparecimento. A voz eletrónica que lhe respondeu referia que o número marcado não se encontrava atribuído. Por mais de uma vez, a Autora voltou a passar diante do café dos velhos. Da última, encontrou-o fechado. A janela grande estava forrada com papel pardacento, mas, pelos cantos do vidro que o papel não cobrira, era possível espreitar para dentro. Deserto, ainda mais escuro e mais velho do que a Autora recordava, o espaço ostentava a tristeza das coisas abandonadas. O televisor pendia da parede, cinzento e calado. Na porta, um letreiro anunciava apenas: *Encerrado.*

Nessa noite, de regresso a casa, a Autora retirou da escrivaninha os papéis, os artigos, os retratos que Helena lhe dera. Apagou as mensagens e os *emails* sem os reler. Não, não haveria de ficar, como a outra, encarcerada num luto. Helena desapareceria da sua vida sem deixar mágoas nem ressentimento.

O processo arrastado do legado de Gustave anestesiou Martial durante meses. Uma tarde, Marie, cuja postura severa escondia um amor sincero pelo marido, chegou a casa com a nova partitura de Claude Debussy, o antigo prodígio que frequentara o conservatório ao mesmo tempo que Martial.

A composição chamava-se *Prelúdio à tarde de um fauno* e baseava-se no poema do simbolista Stéphane Mallarmé, que descrevia os encontros sensuais de um fauno, acabado de despertar num bosque, com várias ninfas, como num monólogo onírico e feérico. Esse poema fora um dos últimos livros que René comprara e de que Martial se lembrava de o ouvir recitar passagens.

O último filho de Céleste e Martial Caillebotte sentou-se ao piano. A melodia que tocava avançava por vagas, sem contornos definidos, em pura liberdade melódica, tecendo uma nova e estranha sonoridade, em que os timbres, os acordes, as pausas, os contrastes, se impunham subtilmente. Os pequenos Jean e Geneviéve entraram na sala, mas não interromperam o pai. Subitamente, Martial lembrou-se dos versos do poema modulados pela voz ardente de René, morto pouco depois dessa lembrança: «Ninfas, adeus; vou ver vossas sombras fugazes.» E, como se o sofrimento represo achasse de repente uma possibilidade de fuga, interrompeu o gesto, libertou a dor pela perda de todos, o pai Martial, a mãe Céleste, os irmãos René e Gustave, e começou a soluçar.

Então, Martial retomou os seus trabalhos de composição e concluiu uma missa solene de Páscoa, que, em abril de 1896, foi interpretada na igreja de Notre-Dame-de-Lorette. Habilmente, conseguira reduzir para órgão e voz a versão para orquestra em que trabalhara, convidando para libretista o célebre Édouard Blau. A imprensa não prestou grande atenção ao evento. No mesmo dia, é preciso dizê-lo, muitas igrejas, um pouco por toda a capital, apresentavam missas solenes da autoria de grandes compositores.

Mas Alfred Caillebotte comoveu-se com o gesto do irmão. Só restavam eles: Alfred, o primogénito; Martial, o último a nascer. Era isso que lhe retinha as lágrimas sob as pálpebras, talvez também a lembrança da primeira reação do mestre do coro ao examinar, incrédulo, a partitura, maravilhando-se com o cuidado e a minúcia postos em cada anotação. Martial era um excelente compositor, e a partitura revelava uma melodia ao mesmo tempo exigente nos cromatismos, nas audácias harmónicas, e perfeita para a voz. O diálogo entre o texto e a música era de uma espiritualidade tocante, e o velho mestre do coro sentiu as mãos estremecerem e as pernas vacilarem.

Um mês depois, ao regressar das suas visitas de caridade, Alfred tombou na nave central de Notre-Dame-de-Lorette, vítima de um aneurisma fulminante. Durante as exéquias, havia tanta gente a querer despedir-se do pároco, do benfeitor, do filho mais velho de Martial Caillebotte, que foi preciso limitar a entrada da igreja aos portadores de convite. O livro de registos cobriu-se de assinaturas. Alguns pintores amigos de Gustave também fizeram questão de demonstrar à família a expressão do seu pesar. A família era, nessa altura, Martial, a sua mulher Marie e os filhos de ambos. A nave da igreja estava coberta de negro, e todos os membros do coro traziam o crepe. Durante as cerimónias, o organista executou fragmentos da missa de finados de Gounod. E foi a única nota de cor dentro da nave, porque não havia vitrais para deixarem entrar a luz, porque todos, incluindo as crianças, trajavam de escuro e porque nenhuma flor ou coroa cobria o caixão, cumprindo o desejo do falecido, que pedira que o dinheiro que elas custassem fosse distribuído pelos pobres.

Passava da uma da tarde quando o portão de ferro forjado do mausoléu dos Caillebotte no cemitério de Père-Lachaise se abriu para recolher mais um féretro. Os despojos de Alfred juntavam-se aos da mãe, da irmã, dos meios-irmãos, das madrastas. E Martial recebeu as chaves, ciente de que, da próxima vez, o jazigo haveria de abrir-se para ele.

Então, o mais novo dos irmãos Caillebotte ficou sozinho com a sua câmara. Embora nas suas fotos continuasse a mostrar Paris, era a Paris de Haussmann, luxuosa e requintada, que registava obsessivamente, procurando os lugares e os enquadramentos que o irmão representara nos seus quadros. Ao contrário de outros fotógrafos, ao contrário dos novos pintores, como Toulouse-Lautrec e Vincent Van Gogh, que apreciavam as imagens da cidade velha, descobriam motivos artísticos nos bordéis e nos moinhos de Montmartre e registavam as figuras pobres e humildes dos trabalhadores vindos da província, desacostumados com a vida urbana, mal alojados, desnutridos, atingidos por doenças endémicas, Martial ignorou sempre os vestígios da cidade medieval, a presença dos afastados do progresso. Não fotografou as vendedoras de manteiga no mercado de Les Halles, nem os limpadores de fachadas, nem os operários de Belleville, nem os tocadores de realejo, nem as cardadoras de colchões. Não fotografou as barcaças cruzando a bacia de La Villette, nem os cabarés de Montmartre, nem o mercado de flores junto à catedral de Notre-Dame. Não fotografou, sequer, as barracas de trapeiros remetidas para as portas de Clichy e de Montreuil, nem os outros arrabaldes esconsos, nem os sucateiros, nem os tosquiadores de cães do Port de Solférino.

Em contrapartida, representou amplamente a família que lhe restava, a mulher e os filhos. Piqueniques. Passeios. Cenas íntimas. O pai a brincar com os filhos, um autorretrato a barbear-se, Marie ao telefone, a deitar a filha num berço ao lado da cama, a tomar banho, dentro da decência da camisa de dormir mantida sobre o corpo. A série de fotos em que Martial imortalizou o momento em que Jean cortou os cabelos que usava compridos, tão compridos como os da irmã, como tantos meninos da sua geração, numa espécie de cerimónia de entrada na idade adulta.

Martial Caillebotte dividiu os últimos anos entre a vila de Pornic, onde era vice-presidente do comité que organizava as regatas, e o seu domicílio parisiense na rua Scribe, onde morreu no dia 16 de janeiro de 1910. Quando interrogado sobre a sua profissão, respondia sempre: «Proprietário.» Com efeito, à data da sua morte, possuía três lojas e oito prédios arrendados.

A viagem foi decidida num impulso, e, de repente, a Autora já está em Paris. Chega ao cemitério de Père Lachaise ao fim de uma manhã soalheira como aquelas em que Gustave, Martial e Alfred foram a enterrar. Hoje, o cemitério é um grande jardim na cidade, onde quase já não se praticam inumações e onde, entre as sepulturas das figuras célebres, assinaladas pelos ajuntamentos dos turistas, abundam os jazigos esventrados e as capelas de portões partidos nas quais, por vezes, sob o brilho tímido de um vitral, alguém ainda coloca flores numa jarra. Os gatos, refugiados nos recantos das lápides, fitam a Autora com um olhar esgazeado e cruzam rapidamente as áleas, esgueirando-se entre os túmulos e as raízes expostas dos plátanos. A Autora sorri. Já fizeram troça do seu apreço pelos cemitérios, mas não é uma mulher fúnebre. Aquele banco onde se senta é o local perfeito para se lembrar de que é corpo vivo, retirar da mochila a sanduíche com que se preveniu, a garrafa de água que já não está fresca. Apetece-lhe de repente enviar uma mensagem a Helena, explicar-lhe que o outono em Paris está bonito e ameno, libertar-se da culpa que por vezes ainda sente por a ter tratado com tanta frieza.

Certamente por causa do bom tempo, o turismo da morte traz às alamedas de tílias e castanheiros centenas de visitantes sorridentes, orientando-se através do labirinto de pedra e verdura graças aos folhetos impressos ou às aplicações dos seus *smartphones*. Procuram, a Autora bem o sabe, as sepulturas de Balzac, Jim Morrison, Freddie Mercury, Chopin. Mesmo aqueles que colecionam túmulos de pintores vêm em busca de Delacroix, Max Ernst, Modigliani; ninguém procura Gustave Caillebotte. Também a Autora percorre os caminhos intrincados do cemitério até que encontra a pequena capela neogótica pertencente à família do pintor. Ao espreitar pelos vidros, avista em frente um pequeno altar; dos lados, as gavetas onde repousam os restos mortais dos Caillebotte, cada qual identificada por um nome e duas datas gravadas. São só vestígios, mas a emoção que a habita é inteira e real. Repara agora que, na porta de ferro forjado, junto à pequena reprodução de um retrato de Caillebotte, alguém entalou uma rosa. Alguém que não ela seguiu as pisadas de Gustave ou entregou-se a uma emoção casual. Terá sido Helena, dois passos adiante, escondida algures a observá-la? A Autora perturba-se, hesita, olha em seu redor. Ainda pensa em retirar a rosa, mas algo a impede. Um sorriso condescendente toma-lhe conta do rosto. Um sorriso que termina numa gargalhada surda. Cabemos todos dentro do amor à distância. Cabemos todos dentro da emoção. Precisamos de gente que escreva e acredite em coisas como esta: estar morto não é relevante; o que é relevante é que as pessoas se amem. Que se mate Helena, ou que viva, ou que fuja. Não faz assim tanta diferença, pensa a Autora, porque de uma forma ou de outra passará, como ela, como Gustave, como toda a gente.

Mas agora, que o seu romance se aproxima do fim, imbuída de uma certa ironia melancólica, a Autora tem um último pensamento de simpatia para com Helena. Foi ela quem lhe explicou que os diferentes interesses de Gustave Caillebotte não teriam sido possíveis se ele tivesse nascido noutra época. Antes das tintas a óleo em tubos de zinco, inventadas em 1840, praticamente não existia pintura ao ar livre. Sem o aço, cujo uso se generalizou por volta de 1870, não haveria lastro exterior para os veleiros. Gustave nasceu um ano antes de o primeiro selo francês, o *Cérès* de vinte cêntimos, ter sido posto a circular. Predominando nas zonas tropicais, as orquídeas que cultivou nas estufas do Petit Gennevilliers começaram a chegar ao Velho Mundo no século XVIII, graças à melhoria dos transportes intercontinentais, mas só no século seguinte o seu cultivo começou a ser difundido na Europa. Gustave Caillebotte foi um pintor talentoso, um velejador premiado, um engenheiro naval reputado, um filatelista distinto e um horticultor brilhante. Os meios financeiros de que dispunha, e que nada fez para obter, permitiram-lhe que o fosse. Mas o mérito de ter sido, esse, foi inteiramente dele.

Foi tudo uma questão de oportunidade, e é tudo assim sempre, afinal, resumira Helena. Também a Autora, se naquela tarde não tivesse aberto aquele manual de história da arte, não o teria encontrado. O livro era sucinto e despretensioso, falava de pintura e não de literatura, e não servia para as aulas da Autora. Entre as páginas dedicadas ao pioneirismo de Manet, às impressões de luz de Monet, aos retratos de Renoir, às paisagens de Pissarro, às bailarinas de Degas, às cenas intimistas de Berthe Morisot, escondia-se um pequeno capítulo intitulado «Caillebotte e o olhar no espaço», acerca do milionário excêntrico, do mecenas dos impressionistas, do colecionador de arte, do indivíduo multifacetado que também fora pintor. Duas ou três fotografias, mais um autorretrato pintado, mostravam-lhe um rosto inquieto, que a fitava de muito longe e a interpelava. Sempre se sentira assim, desde que se conhecia, já o sabemos. Passara, há muito, o tempo da infância. Tinham-se sucedido os encontros com indivíduos ausentes do seu tempo e do seu espaço imediatos. E, no entanto, para a Autora deste livro, de cada vez que encontrava alguém para amar à distância, era o mesmo assombro. Agora, Helena já se retirou da sua vida, se é que lá chegou a estar. Agora, é a história de Caillebotte que termina.

15

Senta-te aqui e escuta-me um pouco.

Encontrei as ruas nas ruas, as paisagens nas paisagens. Pintei ao ar livre, debaixo do sol, por detrás da chuva. Arranha a superfície das minhas telas. Encontrarás vestígios da água do caudal de Yerres, da areia da praia de Trouville, do pólen fresco das flores de Petit Gennevilliers. Trouxe para as telas os locais que conheci, mudando consoante a estação, a temperatura, as variações da luz. Já hás de ter atravessado um campo em pleno verão e hás de ter reparado como os contornos da colina, do prado, da seara madura, se desvanecem num único reflexo luminoso. Tentei reproduzir essa luz fremente e esse calor. Já hás de ter cruzado uma rua citadina no inverno e hás de ter visto como a água empoçada rebrilha em reflexos iridescentes. Tentei captá-los na minha pintura. A atmosfera em que vivemos, e em que normalmente só reparamos para nos queixarmos das suas variações bruscas, afeta a realidade que conhecemos. Procurei as gamas impalpáveis e fluidas que vão de um céu azul a um céu encoberto, da bruma ligeira ao nevoeiro espesso, dos pingos de chuva às bátegas volumosas. Vi essa atmosfera como algo que afeta a nossa experiência; a necessidade súbita que temos de um agasalho nos dias frios, de um impermeável quando chove, de um chapéu de abas largas para nos proteger do sol.

Cada interior também possui o seu próprio ambiente, que não pode ser recriado no ateliê, mas tem de ser procurado no local. Os tons a usar dependem de múltiplas variáveis, se estamos no piso térreo ou no andar de cima, se as paredes têm janelas largas ou meros postigos, se a habitação está mobilada ou escassamente guarnecida, atapetada de veludo ou forrada com uma simples esteira, quantos espelhos ornam os apartamentos e de que forma estão dispostos, que quadros estão pendurados, se na divisão, por um conjunto de fatores nem sempre inteiramente compreensíveis, paira uma sombra de mistério ou uma espécie de claridade.

Observei os indivíduos do meu tempo, tentei compreendê-los, retratei-os. Aprendi que retratá-los é sobretudo observá-los e tentar compreendê-los. Não encarei o corpo humano como um invólucro. Não pintei os indivíduos diante de fundos neutros nem de cenários indistintos, mas colocando-os nas suas salas, nos seus quartos, no lugar em que se movimentavam. Atrás deles havia armários, poltronas, chaminés, paredes, telas, livros, cristais, jarras de flores, objetos que exprimiam a sua fortuna, a sua classe, a sua ocupação. Ao seu lado, à sua frente, também. Mostrei que os objetos que preenchem o quotidiano dos homens são também a matéria que os encerra num espaço – o espaço das suas casas, da sua intimidade, mas sobretudo das suas escolhas. Pus o meu irmão Martial ao piano. Pintei o meu primo Henri Cordier absorto na escrita dos seus apontamentos. Sentei Richard Gallo, ele que era editor do Le Constitutionnel, *com um exemplar do rival* Le Figaro *nas mãos. Abandonei a minha mãe entre a solidão da sua viuvez e o amor tíbio do seu filho, o brilho dos cristais e das porcelanas, o comprimento de uma mesa lisa e soturna como um túmulo. Às vezes, os retratados olhavam para mim, mas quase sempre não. Absortos nos seus tiques, nos seus trabalhos, nos seus cuidados, porque teriam de o fazer?*

Pintei as ruas a partir de casa, vistas de uma janela, de uma varanda, de um telhado. As ruas que me entravam pela casa adentro, com o rolar dos carros, as cotoveladas dos desconhecidos, o calor dos corpos dos amantes. Pintei as ruas nas ruas, os indivíduos a atravessarem-nas, a palmilharem os passeios, demorando o olhar, apressando o passo, cruzando esgares fugitivos com outros indivíduos ao redor. Também cada rua não é a mesma, consoante os passantes, o dia, a hora. Cada rua tem o seu caráter, a sua fisionomia, a sua agitação. E, por isso, em cada uma contei histórias diferentes, diálogos truncados, atitudes fugidias, encontros ocasionais.

Procurei fixar o movimento. Não partilhei a fugacidade inquieta do pincel de Monet, não captei o movimento indefinível de um momento fixado para a eternidade, como Mary Cassatt, não representei as multidões ondulantes de Pissarro, nem as nuvens desencontradas de Sisley, nem a animação sensual e dançada dos encontros alegres pintados por Renoir. Mas pintei o movimento da vida humana, os efeitos rápidos produzidos sobre os nossos sentidos por um espetáculo que é sempre complexo, inquieto e mutável. E, por isso, compreendi que o repouso não é apenas uma pausa, muito menos uma pose sem objetivo. E assim as naturezas-mortas que pintei, repouso belo e inútil, espécie de movimento surdo e contido, porque as coisas vivas encerram em si o anelo prometido da morte.

Ah, e as perspetivas. É preciso falar-te das perspetivas. De como na vida as coisas e os indivíduos se revelam através de formas esquisitas e contornos inesperados. Tentei recriar isso mesmo. E àqueles que acharem as minhas perspetivas estranhas, os meus enquadramentos insólitos, os meus ângulos enviesados, explica-lhes que o meu ponto de vista variou, não esteve sempre no centro de uma sala, com as duas paredes laterais a convergirem ao fundo, como nos exercícios dos pintores da Renascença. O meu olhar nem sempre discerniu as linhas e os ângulos com uma simetria matemática. Por vezes, espreitei as coisas pelo rendilhado de ferro forjado de uma varanda. Outras, examinei-as de cima, em ângulos quase verticais. As pessoas nem sempre me surgiram a igual distância de dois objetos paralelos; nem sempre as encontrei nítidas e inteiras. Sim, tive os olhos grandes, capazes de abraçar as distâncias e os planos aproximados, de ver a realidade, mesmo que, ao vê-la, ela me aparecesse distorcida e incómoda.

Vi Paris enquanto caminhava por ela. Como se vê uma cidade enquanto se caminha? O meu campo de visão variava continuamente, bloqueado pelas paredes dos edifícios ou espraiado pelo espaço aberto dos bulevares, interrompido pelos transeuntes que vinham na minha direção, pelas carruagens que se atravessavam no meu caminho, pela estrutura metálica das pontes que, brilhando ao sol, me encandeavam. A minha atenção alternava, do ponto mais próximo ao mais distante, da esquerda para a direita, dos elementos da paisagem às pessoas. Às vezes, inesperadamente, concentrava-me num pormenor, e tudo passava a girar em torno desse pormenor, esbatendo o resto, o que estava ao fundo, árvores, uma multidão na rua, grupos de amigos reunidos numa clareira. Na minha Praça de Saint-Augustin, *os escassos indivíduos são linhas retas, de contornos fantasmáticos. O meu* Parque Monceau, *habitualmente povoado de crianças, está quase deserto, não fossem, ao fundo, três pequenos vultos indecisos. Na* Rua Halevy Vista do Sexto Andar, *os homens em baixo nem sequer são sombras, apenas manchas anónimas e negras.*

O que me falta dizer? Vi as varandas, as janelas, o caminho de ferro, a loja de novidades, os estaleiros de construção, os candeeiros a gás, a montra da confeitaria, os quiosques de jornais, os cafés e os seus bilhares, as mesas de mogno, os balcões de mármore e os alimentos que se dispõem sobre eles. Tentei sugerir a trepidação dos transeuntes que se cruzam numa rua comprida. Procurei traduzir o tremor da relva quando lhe bate o vento, o arrepio da água sulcada pelos remos, a ondulação rápida das correntes, a luz vibrante dos dias soalheiros, as sombras compactas das tardes cinzentas, a folhagem trémula das árvores, a agitação das vagas, a realidade, enfim, nas suas mudanças incessantes.

Tentei, no fundo, mostrar-te o que vi. O que me tocava, o que me emocionava. Que pode ser a nossa passagem pelo mundo senão isso? Encontrar um amigo; pôr-lhe a mão no ombro; conduzi-lo até à janela donde se alcança a rua ou até ao alpendre donde se avistam os canteiros; apontar-lhe baixinho o que mais nos impressiona, a beleza efémera das flores, o modo como uns lençóis a secar ondulam compassadamente sob a brisa; perceber que, por um instante, ele nos entende e sente o mesmo. Esperar que esse instante efémero perdure, perdure, perdure, dentro dele e de nós. Diz-me tu se o consegui, nem que tenha sido por esse mero instante. Diz-me que, por uma vez, não transmiti frieza nem desprendimento, nem ironia nem distância. Que conseguiste olhar comigo, que me compreendeste, que te ligaste de amizade. Que disso farás um livro, uma memória escrita, inútil e breve como qualquer um dos meus quadros.

Em Paris, o outono continua brando. Nesta que deverá ser a sua última viagem ao encontro de Gustave Caillebotte, a Autora deste livro prepara-se para cumprir o triplo desígnio de revisitar Orsay, o cruzamento de ruas que configura o cenário do quadro que dá o nome a este livro e regressar a Yerres. Não queiramos compreender a razão por que Gustave Caillebotte se impôs na sua vida desta forma tão premente. Há coisas assim; tentar compreendê-las é como, num dia de verão abrasador, mergulhar as mãos na água fresca de um regato e, em vez de aproveitar o frescor e o alívio, tentar reter a corrente.

A pé, a Autora contorna o rio Sena até à rua da Légion d'Honneur e torna-se mais uma entre os milhões de pessoas que, a cada ano, visitam o museu de Orsay. O local mudou muito desde a última vez que cá esteve. A grande galeria do quinto andar, toda dedicada aos impressionistas, talvez tenha sido a que sofreu as maiores transformações, ostentando uma nova iluminação e paredes coloridas, escolhidas para valorizar as subtilezas cromáticas dos quadros expostos. O percurso da visita também está diferente. As salas laterais do rés-do-chão chamam-se agora salas Luxemburgo, num aceno ao nome do museu antigo que esteve na origem das coleções. Num pequeno folheto, a Autora encontra a referência habitual ao legado de Caillebotte e ao seu papel de mecenas. O folheto não explica que muitas das obras recusadas do legado foram adquiridas por um colecionador privado, um tal Barnes, mas a Autora já o sabe. Uma exibição da Barnes Foundation aconteceu em Orsay no ano de 1993, altura em que a Autora, uma jovem rapariga a estudar em França, visitou o museu pela primeira vez.

Por volta de 1897, obedecendo mais à vontade de divulgar a obra do irmão do que certamente à necessidade de fazer fortuna, Martial começou a contactar negociantes de arte, como Durand-Ruel e Ambroise Vollard, com o intuito de pôr à venda alguns dos quadros do irmão. Bem cedo, a obra de Gustave Caillebotte principiou a dispersar-se, espalhando-se por uns quantos museus e coleções privadas. Não existe, por isso, um lugar único aonde os estudantes, os académicos, os interessados se possam dirigir, a fim de terem uma ideia global dos seus feitos, e só exposições ocasionais permitem reunir uma quantidade razoável de quadros seus. Orsay apresenta oito: *O Banhista, Retrato de Henri Cordier, Veleiros em Argenteuil, Bois Atrelados, No Café, Telhados sob a neve,* a grande tela *Os Polidores de Parquê.* O mesmo quadro que foi submetido ao Salão de 1875 e recusado pelo júri, chocado pelo realismo cru e pela vulgaridade do assunto, hoje, com a sua escala desmesurada, os seus tons sombrios, a sua feitura nítida, quase refresca o olhar do visitante, saturado das pinceladas fugidias, das cores abertas, dos pequenos formatos dos outros impressionistas.

E, claro, o último autorretrato de Gustave. A Autora reencontra nele a pose tensa e oblíqua. O rosto magro e vincado. Os cabelos grisalhos, cortados curtos. O olhar profundo e sombrio. Compara-o mentalmente com os autorretratos que o precederam, uma sucessão de imagens evocadas na sua memória de escritora fascinada pela obra de um pintor ou de mulher consumida pelas saudades de um amigo, até chegar à imagem mental do primeiro que se conhece, *Autorretrato com Chapéu de Verão*, pintado em Yerres por volta de 1873. E, assim, revê Gustave aos vinte e quatro, vinte e cinco anos, um jovem sorridente, de chapéu de palha, vestido de cores claras, rodeado pela aura inconfundível dos dias longos, o cenário verde a enquadrá-lo, a aparência simultaneamente displicente e triunfante do rapaz saudável, entregue aos prazeres do veraneio, que talvez tenha tomado o pincel no intervalo de um passeio de canoa com os irmãos e os primos. A imagem de um pintor principiante, confiante na sua arte, que sabe que tem a vida inteira para se afirmar.

Depois, a Autora viaja em direção às ruas em torno da estação de Saint-Lazare. Apanhou o metro em Solférino; trocou de linha em Saint-Lazare; apeou-se na estação de Miromesnil, hesitando um pouco nas saídas. É no final do dia, um entardecer com sol, ainda quente. Já está na praça de Dublin. Semáforos. Trânsito. Muita gente. Uma esplanada que agora avança pela rua de Turin e mais tudo o que cabe num lapso de exatos cento e quarenta anos parece separar este momento daqueloutro que Gustave pintou. E, no entanto, os lugares não mudaram; enfim, mudaram, claro, mas é como se tivessem mudado muito pouco. Ainda hoje há uma farmácia implantada no rés-do-chão do edifício no vértice das ruas de Moscou e Clapeyron, projetando uma luz verde ominosa e triste. Ainda hoje os indivíduos, vestidos de escuro, prosseguem nas suas melancolias, bem disfarçadas pelas vozes, pelos risos, pelos dedos que deslizam agilmente em ecrãs. Um candeeiro destaca-se no cenário. Não é o mesmo candeeiro a gás que Caillebotte pintou, mas é um candeeiro, e permanece quase no centro do enquadramento, como se a sua função tivesse sido sempre, e continuasse a ser, marcar o ponto de fuga da imagem.

Será só a Autora a sentir uma espécie de tremura que trespassa o ar numa alteração impercetível? Quando o curso de uma vida é modificado, as suas margens nunca ficam as mesmas, apertadas que eram antes, desafogadas que ficam depois. Como uma paisagem que se derrama para fora da moldura. Talvez seja esse o segredo das perspetivas cortadas de Caillebotte. Nem influência da fotografia, que apreciou tanto, nem antecipação dos processos cinematográficos, como os que viriam a ser postos em prática pelo filho do seu amigo Renoir, nem sequer a influência das gravuras japonesas que, todavia, apreciou e colecionou. As suas paisagens, as suas personagens, simplesmente não cabiam nas molduras.

Olhem para o quadro *Rua de Paris em Dia de Chuva*, nalgum catálogo, numa página da *internet*, ou mesmo aí, na capa deste romance. Reparem, procurem, sintam. Olhem para onde olham o homem e a mulher. E aí, à esquerda das personagens principais, na porção do quadro que não se vê, porque transborda, é de supor que esteja a Autora deste livro, parada diante da carruagem envidraçada de Gustave Caillebotte instalada ao cimo da rua de Turin, de olhar suspenso para a figura do jovem que dentro dela manuseia o pincel e para os transeuntes que agora a encaram, quase estacando no passeio, espantados com a mulher de cabelos soltos sobre os ombros e vestida com roupas que não são do tempo deles e cuja expressão de sobressalto denuncia uma súbita e inusitada timidez. Olhem bem, e percebam a satisfação que lhe coloca no olhar um brilho agudo. É que Helena nunca poderia falar-vos desta parte do quadro que ficou de fora do enquadramento.

Há muito que as localidades de Argenteuil e de Petit Gennevilliers, que acolheram Caillebotte durante a sua última década e meia de vida, não conservam qualquer traço da sua presença, exceção feita ao nome de uma rua e de uma escola. Em 1910, a empresa de motores Gnôme e Rhône demoliu a casa e arrasou os jardins, o ateliê, as estufas, o pequeno embarcadouro, para edificar nesse preciso local as suas fábricas. A modernidade continuou a desnaturar as margens do Sena. Mas também as fábricas construídas no local onde existia a propriedade de Gustave foram destruídas pelos bombardeamentos da Segunda Guerra Mundial. O terreno pertence hoje a umas instalações fabris. Até quando, o futuro dirá.

Assim, o único sítio que guarda quase intacta a memória de Gustave é a propriedade familiar em Yerres, a uns vinte quilómetros a sudeste de Paris. Vai-se para lá apanhando a linha D do comboio RER, na Gare du Nord, em direção a Melun. Da estação de Yerres à antiga propriedade dos Caillebotte é um percurso curto, que se faz bem a pé através das ruas sossegadas, encontrando pelo caminho vivendas ajardinadas, pequenos estabelecimentos de mercearia fina, belos parques privados, enfim, a tranquilidade habitual e asseada das pequenas cidades francesas. A espaços, o rio Yerres vai surgindo no percurso, muito rente às casas, recordando o que muda e o que não muda.

Logo à entrada da propriedade dos Caillebotte, a Autora deste livro contorna a livraria e a loja. Na segunda, encontraria postais, reproduções de quadros, lápis, *t-shirts* e até guarda-chuvas estampados com a imagem do quadro que dá o nome a este livro. Já sabe que a primeira disponibiliza brochuras e catálogos, e que estes, repetindo-se uns aos outros, repetiriam as lições de Helena. Diriam que Gustave Caillebotte foi um pintor singular, cujas obras são reconhecíveis ao primeiro olhar. Que as suas composições e os seus enquadramentos eram audaciosos, e a sua técnica pictórica, não convencional. Que deixou, enfim, uma obra artística profundamente original, ocultada pelas dos seus condiscípulos, pela própria modéstia ou insegurança, pelas muitas ocupações a que se entregou, encarada com ironia risonha pela crítica da época e com condescendência carinhosa pela maioria dos seus amigos. Num dos folhetos, o prefeito de Yerres, sumariando alguns dos pontos de interesse da visita, termina o seu editorial desejando aos visitantes *uma agradável viagem no tempo*.

A Autora avança devagar pelo vestíbulo. O edifício principal foi reabilitado, graças a um fundo de doação de um grupo que se designa Os Amigos da Propriedade Caillebotte. *Tal como Gustave Caillebotte na sua época, qualquer um pode ser mecenas, e cada donativo conta*, incita o folheto. O restauro do edifício e a decoração das salas foram cuidadosos. Sim, está tudo como no tempo dos Caillebotte. Na cozinha, os azulejos do século XVIII ornamentam a parede atrás do fogão. A sala de jantar está forrada de painéis decorativos, representando paisagens pitorescas e cenas galantes. Do teto do salão pendem lustres magníficos. A mesa de feltro verde ocupa o centro da sala dos bilhares, registados numa célebre tela inacabada. Tudo documenta o luxo, a riqueza, o bom gosto dos Caillebotte. Agora, a Autora sobe as escadas de madeira decoradas com frisos incrustados em prata. A mobília de quarto dos pais Caillebotte, adquirida durante uma venda de leilão na Sotheby's, regressou ao espaço para o qual fora comprada por Martin-Guillaume Biennais, o ourives de Napoleão. A cama, o toucador com tampo de mármore, a secretária, as duas cómodas, a mesa de cabeceira estilo império, os cadeirões forrados de seda, a mesma usada nos reposteiros e que Céleste tanto apreciava. Foi o município que avançou os duzentos mil euros necessários para restituir ao edifício do Casino os móveis dos seus habitantes. *Não irá custar nada ao contribuinte*, explica ainda o prefeito de Yerres, contente por ter vencido uma corrida contra compradores estrangeiros e até, pasme-se, contra o museu do Louvre. *Adiantámos o montante para não deixarmos escapar a compra. Era preciso atuar depressa. O fundo de dotação dos Amigos da Propriedade Caillebotte vai reembolsar-nos, estando prestes a fazer o primeiro pagamento de 60 000 € ou 70 000 €.*

A Autora desce a escadaria e regressa ao salão. Agora, prossegue com muito cuidado, porque quase jura que vê a velha Céleste Caillebotte sentada, a ler o seu missal, o sereno Alfred na sua toga dourada dos dias solenes, o jovem Gustave a sair para o jardim com o cavalete, em colete branco e de chapéu de palha. A luz da tarde entra pela janela, cresce sobre metade da sala, quebrando as arestas dos móveis, diluindo as pregas dos cortinados de veludo, esbatendo os desenhos dos painéis. No meio do silêncio, o relógio de pêndulo assinala uma hora. A família Caillebotte reúne-se na sala de jantar. Ao fundo, Céleste é servida pelo mordomo. A seu lado, René já come. Mas também estão aqui o jovem Martial e o seu velho pai. Pousadas sobre a toalha de linho, iguarias delicadas. Faisão, lagosta, uma soberba terrina de peras. Chegam outros para a reunião. O tio Nicolas, ostentando no chapéu a roseta tricolor dos partidários da Revolução. Charlotte, num vestido de seda branca e florinhas azuis, como no retrato pintado por Renoir. E, embora a Autora quase pressinta o tinir dos cristais e o tilintar dos talheres, percebe que toda a mesa está em silêncio, à espera de alguma coisa. Subitamente, alguém, cuja face surge esbatida, sorri à Autora, faz-lhe o gesto para que se sente à mesa, estende-lhe a mão. E, embora uma parte de si queira, queira muito agarrar essa mão e tomar esse lugar, ela sabe que não é o momento e, por isso, abandona a sala e sai para o jardim.

Que dia bonito... Um grupo de crianças de bonés coloridos entretém-se a encontrar os sítios assinalados nas brochuras. Um casal jovem, estendido sobre a relva, reparte entre si beijos e carícias. Uma borboleta pousa no ombro da jovem, onde brilha, tatuado, alegre, um sol. «É muito lindo, muito calmo», responde uma senhora loira a uma rapariga de microfone em punho, que logo em seguida avista a Autora e esboça o movimento de se aproximar. Mas ela afasta-se, atravessa metade do parque, protegida pela sombra das velhas árvores, sentindo a luz, a brisa morna, o cheiro inconfundível do outono.

A Autora tem, ao escrever este livro, a idade de Gustave Caillebotte quando morreu. Inventou quase tudo isto, diremos. Inventou Helena. Mas que temos nós de nosso senão o que inventamos? Se alguém pintasse agora a Autora deste livro, Gustave ou qualquer um dos seus amigos, Monet, que apreciava os retratos na relva, Renoir, o colorista das situações joviais, Berthe Morisot, pintora de mulheres ao ar livre, esse alguém também a inventaria. E agora ela seria uma mulher de meia-idade sentada sobre a relva, magra, de aspeto jovial, vestida em roupas práticas mas de bom corte, os olhos franzidos contra a luz sem mesmo assim a evitarem, quase verdes quando lhes bate o sol. Mas vocês, ela, Gustave, todos nós, chegados a este ponto da narrativa, sabemos que a paisagem que a habita é a de uma rua de Paris em dia de chuva, o que é muito bonito, mas talvez muito banal.